La Llorona

EL DESPERTAR

MARY ROMASANTA

Sagga Publishing House LLC

Sagga Publishing House LLC, marzo de 2026

Copyright © 2026 por Mary Romasanta

Número de Control de la Biblioteca del Congreso: 2025903780

ISBN de edición de lujo en tapa dura formato de bolsillo: 978-1-964642-07-9

ISBN de edición de lujo en rústica formato de bolsillo: 978-1-964642-47-5

ISBN de eBook: 978-1-964642-36-9

Todos los derechos reservados.

Ninguna parte de este libro puede ser reproducida, distribuida o transmitida en cualquier forma o por cualquier medio, incluyendo fotocopiado, grabación u otros métodos electrónicos o mecánicos, sin el permiso previo por escrito del editor, excepto cuando lo permita la ley de derechos de autor de los Estados Unidos.

Publicado en los Estados Unidos por Sagga Publishing House LLC, Texas.

Este libro es una obra de ficción. Los nombres, personajes, empresas, organizaciones, lugares, eventos e incidentes son producto de la imaginación de la autora o se utilizan de manera ficticia. Cualquier parecido con personas reales, vivas o muertas, eventos o lugares es pura coincidencia.

Visita el sitio web de la autora en www.maryromasanta.com

Impreso en los Estados Unidos de América

Para Edward.

La Llorona

EL DESPERTAR

Prefacio

El duelo es un huésped indeseado. Ya sea que llegue con advertencia o sin ella, el resultado es el mismo: se instala en los rincones de la vida, transformando lo familiar en algo desconocido. No pide permiso, ni se va cuando se le ordena. En cambio, permanece—inquebrantable—y nos enseña a vivir con su peso, sus bordes afilados y los ecos de lo que alguna vez fue.

La Llorona: El Despertar es mi homenaje a la resiliencia del espíritu, al poder de la conexión humana y a la posibilidad de redención incluso en nuestros momentos más oscuros. Entretejidas en sus páginas hay dos narrativas profundas: la inquietante leyenda mexicana de La Llorona y la historia bíblica de Noemí y Rut. Entremezcladas con mis propias experiencias de tragedia y duelo, estas historias exploran el amor, la pérdida y las decisiones que nos moldean frente al quebranto.

Crecí como hija de pastor, al otro lado del cementerio más grande de San Antonio, rodeada de estas narrativas. La Biblia me arraigó en la fe y la fortaleza moral, mientras que la historia de La Llorona, contada en susurros como advertencia, me ofreció una mirada al miedo, la pérdida y la redención. Ambas se convirtieron en hilos del tejido con el que aprendí a comprender la vida, la muerte y lo que existe entre ambas.

En esencia, este libro nace de encuentros crudos con el duelo—tanto personal como universal—y está moldeado por las voces de quienes me confiaron sus historias. Mi esperanza no es solo compartir estos caminos, sino invitar a los lectores a reconocer las posibilidades de sanación y resiliencia dentro de nuestra humanidad compartida.

—Mary Romasanta

La Llorona

EL DESPERTAR

Una Nota para los Lectores

Esta historia lleva consigo hilos de duelo, desesperanza y el pesado silencio que a veces acompaña a la depresión. Si alguno de esos hilos toca de cerca tu propia vida, quiero que sepas esto: no estás solo. No hay vergüenza en la lucha, ni debilidad en pedir ayuda. La esperanza sigue aquí, incluso cuando parece lejana.

Si estás en Estados Unidos, puedes llamar o enviar un mensaje de texto al **988** para conectarte de inmediato con la *Suicide & Crisis Lifeline*. Recibirás apoyo al instante. También puedes visitar **988lifeline.org** para recursos y chat en vivo.

Eres digno de ser salvado. Eres digno de ser amado. Y tu historia aún no ha terminado.

Con compasión,
Mary Romasanta

Prólogo

—Halmeoni, ¿volveré a verlos algún día? —susurró la niña, la voz diminuta, las palabras en coreano escapando en un murmullo apresurado. La estufa de carbón siseó, las llamas escupiendo un chasquido agudo que resonó por el silencio del hanok. Las sombras danzaron sobre las paredes empapeladas. Afuera, el viento sacudía las contraventanas de madera, pero dentro el único calor venía del resplandor anaranjado del fuego y del tenue vapor que se elevaba de sus tazones de té de cebada.

La anciana estiró la mano buscando la aguja de tejer con sus dedos temblorosos y arrugados, las venas sobresalientes como raíces de un árbol viejo. Las mangas de su hanbok, algodón deslavado que alguna vez brilló de color, colgaban flojas alrededor de sus delgadas muñecas, la tela deshilada en las orillas tras décadas de uso. Mechones de cabello plateado se habían escapado de su moño, pegándose a los profundos surcos de su rostro, donde el tiempo y la dureza habían dejado marca. Fijó la mirada en las llamas, los ojos encendidos de rojo al reflejar el fuego. Ya no parecían ojos, sino brasas... antiguas, sabias.

La niña abrazó sus rodillas con fuerza, su pequeño cuerpo perdido entre las capas acolchadas de la falda del hanbok que llevaba para mantenerse caliente. Sus ojos grandes, inquietos, se clavaron en la anciana, desesperados por una respuesta.

—Sí —respondió por fin la mujer—. Ya deja de quejarte.

En coreano, las palabras salieron más duras, ásperas, como piedra raspando contra piedra. Sin embargo, bajo aquella rudeza se escondía algo más firme, algo que pesaba como consuelo y advertencia a la vez. El aire entre ellas pareció asentarse, anclado por su voz. Luego su tono bajó, grave y urgente, como si estuviera destinado sólo a los oídos de la niña. Sin apartar la vista del fuego, murmuró en un susurro:

—Hasta entonces, no debes acercarte al agua de noche. Nunca.

Ella apretó aún más las rodillas, el pecho tensándose con inquietud.

—¿Por qué no?

Los labios de la anciana se apretaron. Durante un largo momento, sólo el fuego respondió, escupiendo chispas hacia la oscuridad. Finalmente dijo:

—Porque ahí es donde ella emerge.

—¿Dónde quién emerge, Halmeoni?

La mano arrugada de la anciana se detuvo a mitad de movimiento, la aguja de tejer congelada entre sus dedos, el metal brillando como hueso bajo la luz del fuego. Inclinó ligeramente la cabeza, como si la simple pregunta hubiera atraído algo desde la oscuridad exterior.

—La mujer que llora —dijo con voz baja, recelosa.

—¿Tiene un nombre? —preguntó la niña. Tironeó un hilo suelto de su falda, enredándolo en su dedo, sus ojos oscuros, almendrados e inocentes, fijos en el rostro de la anciana.

—Tiene muchos nombres.

—¿Como cuáles? —insistió ella, con voz pequeña, curiosa.

Los labios de la anciana se tensaron antes de hablar de nuevo, vacilante, como si incluso pronunciarlo implicara riesgo.

—Mul Gwishin —susurró—. Es un espíritu oscuro... impío.

Una ráfaga sacudió las puertas de papel.

La niña tragó saliva, el sonido demasiado fuerte en el silencio que se espesaba.

La voz de la anciana se suavizó, pero su peso cayó aún más fuerte.

—Su cabello arrastra como algas húmedas sobre sus hombros. Sus ojos... más negros que la noche misma. Se desliza entre los juncos sin hacer un solo ruido.

Las llamas se alzaron, doblándose de forma extraña, como si algo invisible las aspirara.

—¿Quién era?

—En vida fue una mujer —murmuró la anciana—. Perdió algo demasiado precioso. El río se tragó su dolor entero. Dicen que llora por sus hijos... los mismos que ahogó con sus propias manos. Otros dicen que busca a alguien que ocupe su lugar.

Las sombras se alargaron por las paredes, retorciéndose en formas que hicieron a la niña contener el aliento.

—Ella no rompe puertas —continuó la anciana—. Espera a que la tristeza deje una ventana entreabierta. Verás, niña, el duelo es una grieta del alma. Y ella se cuela por las grietas.

El fuego bajó, gimiendo al escupir una lluvia de brasas. La habitación se oscureció con él, las sombras estirándose, presionando los rincones. La niña se inclinó más cerca de la anciana. Pero los ojos de la anciana ya no estaban en ella. Se quedaron fijos en la puerta de papel, como si esperaran que volviera a sacudirse.

Un largo silencio se extendió.

Tic...

Tic...

Tic...

La cabeza de la niña giró hacia el sonido. Era tenue, lejano. Como agua tocando piedra. Pero la noche estaba seca. El río quedaba mucho más allá del pueblo.

Las agujas de tejer de la anciana se le resbalaron de las manos, chocando contra el suelo con un tintineo metálico.

Los labios de la niña se entreabrieron.

—Halmeoni...

—Shhh —cortó la anciana, tajante.

Su mano salió disparada, sujetando la muñeca de la niña con una fuerza sorprendente.

El sonido se volvió más nítido. Un ritmo de Tics golpeando una orilla que no existía. Las paredes parecían sudar, el aroma a tierra húmeda filtrándose en la habitación cálida.

Luego, otro sonido. Más suave. La voz de una mujer. No fuerte. No exigente. Dulce. Invitante. Llegó flotando en la noche, alargada, baja, como viento arrastrado entre juncos.

El corazón de la niña golpeó contra sus costillas, cada latido resonándole en el pecho. La garganta se le cerró, ahogándole la voz, y aun así una fuerza invisible la incitaba a levantarse, a responder al susurro sin saber por qué. El miedo se le enroscó dentro, apretando hasta arderle los ojos. Las lágrimas afloraron, temblando al borde.

La mano de la anciana bajó como hierro, las uñas clavándose en la piel de la niña. Su voz cortó el silencio, feroz y temblorosa a la vez:

—¡Ni una sola lágrima, niña!

La niña asintió, aunque las lágrimas seguían temblando en sus pestañas. El pecho le dolía de contenerlas, cada respiración superficial era una batalla. Un sollozo amenazó con escaparse, pero lo reprimió, mordiéndose el labio hasta sangrar.

Los ojos de la anciana se clavaron en la oscuridad más allá del fuego. Su susurro fue tan afilado como una navaja, bajo pero inquebrantable:

—Ella escucha tu tristeza; se alimenta de ella. No se la des. ¿Entiendes?

La niña juntó los labios, pero su mirada la traicionó. Se volvió hacia la puerta corrediza de papel. La sombra allí se había espesado, tinta negra escurriéndose sobre el papel de arroz. Una forma se delineó—cabeza ladeada, cabello largo cayendo como sargazo.

La sombra se meció. El papel vibró. El goteo se volvió más fuerte, más cercano.

El susurro regresó, más insistente esta vez.

El pulso de la niña se descompuso. Una fuerza invisible inclinó su cuerpo hacia adelante.

La anciana escupió una oración, palabras viejas y quebradas rodando de sus labios. El fuego siseó con ella, chispas saltando como si resistieran.

La sombra se detuvo. La voz se adelgazó hasta morir. Sólo el eco tenue del agua permaneció, disolviéndose en la oscuridad.

La anciana soltó a la niña, aunque la mano le temblaba.

—Ahora lo sabes —murmuró, la voz deshilada, pesada—. El demonio aguarda en el agua, en los bordes del duelo en tus lágrimas. Y ya ha visto las tuyas.

La niña temblaba, el vestido hecho puños entre sus manos. El fuego volvió a crepitar, pero su calor ya no la alcanzaba. Afuera, la noche se apretaba contra las paredes. Ella se quedó quieta, creyendo escuchar el sonido una vez más, lejano, suave:

Tic...

Tic...

Tic...

La mano de la anciana volvió a cerrarse sobre su muñeca, dura como hierro. Murmuró otra oración, la voz rota pero feroz, las sílabas tan filosas que el fuego respondió con un siseo violento, escupiendo chispas en protesta.

La sombra se congeló. El susurro se adelgazó de nuevo, retrocediendo hacia el silencio. Por un instante, la niña creyó que había terminado.

Pero el sonido del agua volvió—más fuerte, más cerca—filtrándose bajo las tablas del piso, arrastrándose por las rendijas de la casa. Las puertas de papel se abombaron hacia adentro, como si el peso de un río entero presionara contra ellas. La sombra se estiró, más alta, más oscura. La pantalla de papel se onduló y luego se rasgó con un desgarro húmedo. El agua irrumpió, extendiéndose por el suelo, fría y despiadada.

Los ojos de la niña se fijaron en la silueta que tomaba forma en la esquina. Primero, sólo mechones de cabello—largos, goteando, enredados como algas podridas—deslizándose hacia el interior como si las paredes mismas sangraran. Los mechones se arrastraron por el piso, dejando un brillo viscoso a su paso.

Luego apareció su rostro... pálido como la luna, la piel estirada sobre el hueso, los rasgos hundidos en un gesto antinatural. Los labios colgaban fláccidos, el agua escurriendo por sus bordes. Pero eran los ojos—dos pozos sin fondo, negros como las profundidades del río—los que vaciaron el aire a su alrededor. Vacíos. Eternos. Hambrientos. No sólo la miraban: la absorbían, como si pudieran tragársela entera hacia ese abismo.

Su cuerpo surgió en pedazos distorsionados. Un hombro torcido hacia atrás. Un codo doblado más allá de lo posible. Dedos huesudos, sin forma, arrastrándose por la madera, dejando marcas profundas mientras avanzaba. Sus extremidades no se movían como carne viva. Se plegaban y desplegaban como algo ahogado, desligado de las leyes de los vivos.

El demonio reptó hacia ellas, su cuerpo mojado, estremeciéndose; cada movimiento acompañado por goteos donde no debería haber agua. El hedor del río podrido—lodo, algas y algo levemente metálico, como sangre vieja—invadió la habitación.

La niña gimió, el pecho agitado mientras cada instinto le gritaba que apartara la mirada. Pero no pudo. La mirada del demonio la tenía atrapada, tan implacable como la corriente de un río que no suelta. Jadeó, el cuerpo inclinándose hacia adelante sin permiso, atraída como polilla a la llama.

La voz de la anciana cortó aquella fuerza de golpe.

—¡No!

Se lanzó entre ambas, su cuerpo tembloroso pero firme. Sus manos sujetaron el rostro de la niña, obligándola a mirar hacia arriba, lejos de aquellos ojos vacíos como el río.

—No la mires. No la escuches. No le respondas.

El fuego rugió de pronto, chispas saltando cuando la anciana gritó:

—¡No la tendrás!

El demonio chilló, un sonido como agua furiosa y carne desgarrándose, haciendo temblar la habitación. Pero no retrocedió. Se lanzó hacia adelante, el cabello azotando como látigos, las garras extendidas, lista para tomar a su presa.

La anciana no se movió. Su frágil figura pareció expandirse mientras abría los brazos, protegiendo a la niña con una ferocidad que desafiaba sus años. Su voz se elevó, no sólo más fuerte, sino más afilada, más fiera—la oración transformándose en un grito de guerra.

—¡En el nombre de Jesús! ¡Vete! ¡No la tendrás!

Empujó a la niña hacia abajo, sus manos temblorosas cargadas de urgencia.

—¡Cierra los ojos! ¡No la mires!

Alzó los brazos, su voz quebrándose mientras recitaba palabras más antiguas que cualquiera que la niña hubiera escuchado, oraciones rodando como trueno, cada sílaba incendiando el aire.

El demonio retrocedió... pero sólo un instante. Con un rugido de olas desbordadas, se lanzó de nuevo, el cabello enredándose como látigos alrededor de los brazos y el cuello de la anciana.

La niña gritó:

—¡Halmeoni!

Los pies de la anciana se levantaron del suelo, el agua subiendo para arrastrarla hacia la boca abierta de sombra y fuego. Tosió, ahogándose con sus propias palabras. Una sola lágrima escapó de su ojo, pero su voz no cedió. Su oración ardió en el aire, desafiante, rompiendo el chillido del demonio.

El grito de la niña desgarró la habitación cuando los dedos ennegrecidos del demonio se cerraron en la garganta de la anciana. Con un siseo ahogado, el agua brotó de la boca del espíritu como bilis.

Los ojos de la anciana encontraron los de la niña—feroces, ardiendo, vivos incluso cuando la oscuridad empezaba a devorarla.

El fuego vaciló. Las paredes vibraron. Y entonces el demonio jaló a la anciana hacia las sombras—su cuerpo desapareciendo en un torbellino de cabello enredado y extremidades anegadas. Siguió un silencio absoluto. Sólo el sonido constante del goteo permaneció.

Tic...

Tic...

Tic...

Cada *tic* cayó como un conteo regresivo.

1

El caos se enredaba con la tradición. Delatando vida en la casa, ollas chocaban en la cocina, *clan-clan*, mientras el aroma de salvia y cebolla se espesaba en el aire. Desde la sala llegaba el rugido amortiguado de un partido de futbol americano, donde Juan y su hermano Toño seguían pegados a la pantalla. En el comedor, Rut trabajaba detrás de su laptop—su compañera constante—los dedos marcando un golpeteo suave que servía de contrapunto al ruido del hogar.

—¿Estás segura de que no puedo ayudar? —preguntó, girando hacia su suegra.

—Ya lo tengo —respondió Mi-Ra sin mirarla.

Rut había hecho la oferta antes—tantas veces que había perdido la cuenta. Y cada vez, Mi-Ra la rechazaba, rígida, inflexible. Pero hoy, Rut notó un temblor en sus manos, una tensión en los movimientos. Bajo el pañuelo bien colocado y los pantalones perfectamente planchados, algo parecía frágil.

Rut se impulsó para ponerse de pie.

—¿Al menos déjame ayudarte con el arroz?

Las palabras salieron más suaves de lo que pretendía, otra rama de olivo que no sabía si sobreviviría al intento.

—Fue idea mía—es lo mínimo que puedo hacer.

—No. Yo me encargo.

La voz de Mi-Ra cortó limpia, definitiva—cerrando la puerta antes de que Rut pudiera siquiera cruzar el umbral.

El calor se encendió en el pecho de Rut, pero lo obligó a bajar, tragándose el filo agudo del enojo. El silencio que siguió se tensó como vidrio delgado, listo para romperse con la menor palabra.

Volvió a hundirse en la silla, despacio, deliberada, cada centímetro de su movimiento pesado con la sensación de haber sido descartada.

—Arroz mexicano para Thanksgiving... —murmuró Mi-Ra, casi para sí, aunque Rut escuchó cada palabra.

—¿Eso es un problema? —preguntó Rut, con voz pareja.

Mi-Ra resopló.

—Es sólo que... ¿quién ha oído algo así?

—No es diferente a que tú hagas tu comida coreana junto al pavo, Ma —llamó Juan desde la sala.

Rut volvió la mirada hacia él, su mano moviéndose con suavidad sobre el pelaje de Gizmo. El ritmo era constante, sereno. A Rut se le escapó una sonrisa leve, privada. Él no siempre detectaba las pullas de su madre, pero cuando lo hacía, la estabilizaba más de lo que imaginaba.

Mi-Ra volvió a resoplar, los ojos deslizándose hacia Rut.

—¿Y tú qué haces tanto ahí? ¿Tareas? Pensé que ya habías terminado. Se siente interminable.

—¡Es la mejor de su clase, Ma! —replicó Juan, con orgullo resonando en su voz.

El calor se esparció por el pecho de Rut. La meta estaba tan cerca—menos de un mes. Casi podía saborearla.

No había sido fácil. Noches enterradas en estadística, finanzas y contabilidad. Presentaciones sin fin, fechas de entrega rompiendo como olas, una tras otra. Todo mientras sostenía una carrera exigente. Pero había resistido, y ahora estaba en la cima.

—No es gran cosa —murmuró, conteniendo el orgullo que aun así burbujeaba.

Juan se levantó, sonriendo.

—Ma, ¿escuchaste eso? La mejor de su clase, la VP más joven en BabyTek, la señora Executive MBA aquí—y dice que no es gran cosa. Como si se lo hubieran regalado.

Rebuscó en su bolso y sacó el libro más grueso.

—"Business Implications of Quantum Technologies" —leyó en voz alta, levantando el lomo como evidencia.

Los labios de Mi-Ra se apretaron en una línea fina. La indiferencia seguía cortando igual de fuerte.

Juan cruzó la habitación y rodeó a Rut con un brazo, depositando un beso en su sien. El gesto suavizó el filo.

—Vamos a hacer una fiesta cuando te gradúes. Grande. Globos, champaña, quizá hasta DJ.

Rut rió, bajito.

—No necesito una fiesta.

—Pero te la mereces.

Por el rabillo del ojo, Rut captó el discreto rodar de ojos de Mi-Ra. Pequeño, pero punzante.

Y entonces la pregunta de siempre:

—¿Qué estás haciendo?

—Sólo revisando unos productos...

—Pff. Sí que te explotan como mula, ¿no? Es Thanksgiving y sigues pegada a esa laptop —dijo Mi-Ra.

El cuchillo golpeó la tabla en *thud... thud... thud*, cortes precisos, deliberados.

—Es un trabajo satisfactorio —dijo Rut, pareja.

—¿Satisfactorio? —Mi-Ra soltó una risa corta—. Tal vez sería más satisfactorio si ya tuvieras un bebé propio. Así podrías usar toda esa tecnología de seguridad infantil para algo que de verdad importara.

Las palabras cayeron como una hoja afilada. Esperadas, pero igual de cortantes.

La armadura de Rut—templada en salas de juntas—se sentía delgada allí. Los golpes de Mi-Ra no eran descuidados. Encontraban su blanco.

Rut se obligó a sostenerle la mirada. Ahí estaba: la leve curvatura de una sonrisa satisfecha, tan sutil que casi podía negarse. Casi. Las manos de Rut se cerraron en puños a su lado.

Su teléfono emitió un *ding*.

Salvación.

Lo tomó como si fuera un salvavidas.

—Disculpa, tengo que atender esto. Es del trabajo —dijo Rut.

—¿En Thanksgiving? —escupió Mi-Ra.

Rut escuchó la punzada, pero no le dio aire. Llevó el teléfono al oído y caminó hacia la puerta, su silencio la única respuesta que se permitiría.

Al salir, obligó un brillo a su voz.

—Hola, Pablo, feliz Thanksgiving.

La pérgola se extendía por el patio como un santuario al aire libre. Un aroma a cloro se elevaba de la alberca, mezclándose con la tierra húmeda tras la lluvia. Las luces colgaban dormidas arriba, listas para brillar al caer la noche.

—Debes ser la única persona feliz por una llamada de trabajo hoy —dijo Pablo.

—Te prefiero a ti antes que otro segundo con mi suegra.

Los ojos de Rut se elevaron hacia las vigas de la pérgola. Todo brillaba—los ventiladores nuevos, la parrilla nuevo, los azulejos nuevos. Todo impecable. Todo intacto.

—Qué extraño —murmuró.

—¿Qué cosa?

—Este patio. Mi suegra le tiene pavor al agua. No dejaba que Juan se bañara solo hasta que tenía trece. Entonces, ¿por qué la alberca? ¿Por qué construir todo esto?

Pablo guardó silencio.

Rut forzó una sonrisa.

—Capaz le da miedo derretirse. Estilo Wicked Witch.

Él rió, pero el silencio volvió a asentarse.

—Bueno —retomó ella, bromeando—, señor MIT, ¿para qué la llamada?

—Necesito adelantar un cambio. Lo antes posible.

Rut enderezó la postura.

—¿Qué pasa?

—Quejas de clientes. Los nuevos íconos del monitor para bebés... pues... como que parecen cucarachas.

—Uf —Rut hizo una mueca—. ¿Ya tienes un arreglo?

—Un ajuste de UI sencillo. Probado, validado, listo para desplegar.

—¿Y eso es todo lo que te tienen haciendo? ¿Ajustes sencillos?

Sin respuesta. No es que Rut esperara una.

—Es que... me desconcierta —dijo ella—. Dejaste todo atrás, cruzaste el país—¿para esto?

Él suspiró, audible.

—¿Qué te digo? Tengo una boca que alimentar.

—Está bien. Mándame la solicitud.

La llamada se cortó.

—Un arreglo sencillo —murmuró Rut.

Tomó una bocanada profunda.

—Qué desperdicio.

2

La sartén chisporroteó cuando Mi-Ra arrastró la cuchara de madera por el fondo, los granos de arroz crepitando como diminutas chispas. Sus ojos iban del sartén a la receta que **Toño** le había impreso, la hoja ya manchada de aceite. Odiaba esta parte—el tostado lento, tedioso, esa paciencia obligada que nunca había tenido. Cada segundo se sentía como un desafío, un movimiento en falso amenazando con arruinarlo todo. El olor acre del lote anterior todavía se aferraba a su delantal, terco como la vergüenza, recordándole lo rápido que un esfuerzo cuidadoso podía colapsar en un fracaso.

Una mirada a través de la puerta del patio le mostró la luz debilitándose, la tarde desangrándose hacia la noche. El día se le escurría entre los dedos, deshilándose hilo por hilo. Para ahora ya deberían estar sentados a la mesa, los platos llenos, la comida desarrollándose como ella la había planeado. En cambio, aquí estaba—detenida por el arroz, de todas las cosas. El resentimiento subió caliente a su pecho, más agudo que el vapor que se elevaba de la sartén.

No podía dejarlo allí. La amargura exigía salida, escarbando hasta encontrar su lengua.

Mi-Ra clavó la mirada en Rut, fija, dura. El dolor en su pecho se hinchó—resentimiento enredado con frustración, enojo afilado por un anhelo que no sabía nombrar. Hirvió antes de poder contenerlo. Las palabras se le escaparon, más cortantes de lo que pretendía, demasiado tarde para recuperarlas.

"*¿Estás* intentando siquiera?" soltó, la voz afilada, cortante, una mano en la cadera como si el gesto pudiera estabilizarla contra la fuerza de lo que acababa de soltar.

El tenedor de Rut se congeló en el aire. Sus ojos se alzaron, rápidos, cortantes.

"¿Perdón?"

"Para tener un bebé... ¿siquiera lo están intentando?"

"¡Ma!" gritó Juan desde la sala, su tono cargado de impaciencia.

"¿Qué?" chasqueó Mi-Ra. "¡Tengo derecho a saber!"

Claro que sabía que no era su lugar. En circunstancias normales nunca habría preguntado—al menos no así. Quizás habría tocado el tema con Juan en privado, con cuidado, midiendo sus palabras. Pero desde la muerte de Gregorio, los límites se habían difuminado. Su pequeño clan se sentía frágil, como una especie al borde de la extinción.

Todavía escuchaba la voz de Gregorio, baja y firme, instándola a continuar—por Juan, por Toño, por Rut, y por los nietos que él estaba seguro que algún día cargaría entre sus brazos. La idea se le clavaba como una burla cruel. Y en algún punto entre el duelo y el agotamiento, su corazón había torcido la culpa hacia Rut.

No era justo—Mi-Ra lo sabía. Pero el duelo tenía su propia lógica, dentada e irracional, y empujaba sus palabras como un cuchillo.

Rut inhaló, controlada pero tensa. "Sí, Mi-Ra. Y por ahora, estoy conforme sabiendo que mi trabajo ayuda a mantener bebés seguros en todo el mundo."

Los labios de Mi-Ra se movieron apenas. Se volvió al mesón con un encogimiento de hombros indiferente, tomando otra rama de apio.

"Mmm." Ese pequeño sonido cargaba justo el desdén que buscaba.

Desde la sala, un festejo estalló cuando el partido de futbol llegó a un clímax—un recordatorio de un mundo que había seguido adelante sin Gregorio. Ni siquiera ese ruido podía ahogar el peso entre ella y Rut.

"Quién sabe," agregó Rut, forzando una sonrisa. "Quizás Toño conozca a alguien pronto y te dé un nieto en un abrir y cerrar de ojos."

Los ojos de Mi-Ra se deslizaron hacia Toño, tirado en el sillón con una bolsa de papitas en una mano y el celular en la otra. Casi treinta, y aun así, su bebé.

Dependía de ella para las comidas, la lavandería, hasta su horario. Inútil para los mandados, pésimo para planear—pero a ella le gustaba así. Su necesidad la anclaba a una vida que por lo demás se sentía insoportablemente vacía.

"O... podrías esforzarte más," dijo, alcanzando una lata de ejotes y girando el abrelatas con deliberada lentitud.

Rut se tensó. "¿Esforzarme más? ¿Qué se supone que significa eso?"

Mi-Ra no levantó la vista. "Quizás si no fueras vegetariana ya estarías embarazada." Su voz permaneció calmada, pero sabía que las palabras cortarían. "Probablemente estás anémica."

"¡Ma!" La voz de Juan tronó desde la sala. "¡Ella no está anémica! Es vegetariana desde hace veinte años. ¿Crees que no sabe lo que hace?"

La fertilidad no tenía nada que ver con la dieta de Rut. Mi-Ra lo sabía. Conocía muchas vegetarianas que tenían hijos sin problema. Hasta a ella le gustaba el tofu.

Pero marcar la diferencia—recordarle a Rut que no era realmente de los suyos—le daba a Mi-Ra un tipo amargo de satisfacción. Pequeña, quizás, pero el duelo deformaba las cosas. Incluso la mezquindad podía sentirse como triunfo.

Los pequeños pinchazos. Las culpas disfrazadas. Los insultos bañados en azúcar. Cada uno caía justo donde apuntaba—suficientemente agudo para doler, suficientemente sutil para negarlo.

No se trataba de justicia. Ni de control. No realmente.

Se trataba de satisfacción.

El ruido del partido disminuyó. El silencio espesó el aire.

Un *bang* estalló, rompiéndolo.

Rut dio un respingo, el aire atrapado en su garganta. "¿Qué fue eso?"

"¿Qué fue qué?" preguntó Mi-Ra, fingiendo ignorancia.

La puerta del baño se abrió con un *creeek*. Toño salió, secándose las manos en los jeans.

"Tuberías," dijo. "Pasa cada vez que usamos el agua."

"¿Eso? Ya ni lo escucho," dijo Mi-Ra con un gesto despectivo. Se volvió hacia Rut, dejando que la burla tintara su voz. "Te asustas por nada."

"Probablemente sólo aire en las tuberías," llamó Juan.

"Me sorprendió, es todo," murmuró Rut.

Mi-Ra soltó una risa baja, cortante. "Tienes que endurecerte."

"Déjame ayudar," dijo Rut otra vez, calma pero firme.

"No." La mirada de Mi-Ra cayó sobre el cabello suelto de Rut. "Vas a dejar pelo en la comida."

Thanksgiving siempre había sido suyo—su menú, sus reglas, su cocina. Excepto por el pavo de Gregorio, nadie tocaba una olla allí. Era su insignia de maestría, su santuario. No pensaba ceder terreno ahora.

Tomó una lata del mesón.

Cuando el abrelatas mordió la tapa, el estómago se le desplomó. "Esto no es puré de calabaza."

"¿Qué es?" preguntó Rut.

"Relleno para pays de calabaza," *siseó*.

Juan y Toño se acercaron a la cocina.

"¿Eso es un problema?" preguntó Rut.

"Sí, es un problema." La voz de Mi-Ra subió. "¿Cómo se supone que haga mi cheesecake de calabaza con esta porquería?"

Cayó el silencio.

"Voy a la tienda," ofreció Rut.

"No, nada está abierto hoy," dijo Juan.

"Yo encuentro algo," añadió Toño rápido. "De todos modos es mi culpa."

"¿Cómo va a ser tu culpa? Tú ni haces las compras."

Normalmente, Juan tendría razón. Toño nunca había sido de confianza para la lista—demasiado impulsivo, demasiado distraído. Esa lista había sido sólo de Mi-Ra, cuidada como escritura sagrada. Hasta que Gregorio murió.

"La entrega debió estar equivocada," dijo Juan.

Toño se frotó el cuello. "Estaba agotado. Ma me mandó a otra tienda. Debí haber agarrado la equivocada."

Mi-Ra exhaló largo, pellizcando el puente de su nariz. El gesto cargaba todo el juicio que sus hijos conocían bien.

"Hay una gasolinera nueva del otro lado de la autopista—¿cómo se llama? ¿Luckee's? Nunca cierran, y tienen de todo," dijo Toño, animándose. Agarró la puerta. "He querido probar su fudge."

Mi-Ra le lanzó a Juan una mirada—afilada, mandante, inconfundible. Un destello fugaz de poder en un mundo que le había arrebatado tanto.

"Yo manejo," dijo Juan, bajando a Gizmo al piso.

3

El sol de la tarde se desangraba sobre el horizonte, su brillo desvaneciéndose en púrpuras crepusculares y grises ahumados mientras los bordes del mundo se disolvían en el anochecer.

Dentro de la camioneta de Juan, *La Bamba* de Ritchie Valens flotaba desde las bocinas, la melodía familiar deslizándose entre el silencio, la nostalgia aferrándose al aire como humo.

—Buh-rrruh-verruh la bamba. Buh-rrruh-verruh la bamba —cantó Juan, su voz forzadamente alegre.

—Dude, ¿siquiera entiendes lo que estás cantando? —preguntó Toño, levantando una ceja.

—Nop.

Toño negó con la cabeza.

—Suenas como papá después de dos margaritas... de las fuertes.

Juan soltó una risa.

—¿Todavía escuchas algo de su música vieja?

Toño se encogió de hombros, los dedos tamborileando en su rodilla.

—A veces... cuando manejo.

—¿Sí? Yo también.

El silencio se cerró sobre ellos.

Hablar con Toño nunca había sido fácil. Para entonces, los cuatro años de diferencia entre ellos no deberían significar nada, pero de algún modo seguían extendiéndose, una distancia terca que Juan nunca lograba cerrar del todo. Hablar con su hermano se sentía desequilibrado, como si hablaran dialectos distintos: lo bastante parecidos para seguirse, nunca lo suficiente para sentirse entendidos. Se quedaban en la superficie: deportes, bromas, lo seguro. Nunca las corrientes profundas que Juan a veces anhelaba alcanzar.

No era culpa de Toño del todo—Juan lo sabía. Habían crecido en la misma casa, bajo el mismo techo, pero el silencio siempre había sido el escudo de Toño. Su madre nunca les dio las herramientas para nombrar lo que dolía, solo la disciplina para guardarlo. Y su padre, firme pero cansado, escogía sus batallas y dejaba que demasiado se escurriera por las grietas. Juan había encontrado la forma de salir de ese silencio, especialmente con Rut, pero Toño aún lo llevaba puesto como armadura—tensa, impenetrable, un hábito demasiado arraigado para arrancarlo.

El agarre de Juan se apretó en el volante. La agitación de su madre seguía pesando en su pecho. Obligó las palabras a salir.

—¿Cómo estás?

—Bien —respondió Toño con ligereza, agitando su celular muerto—. ¿Me prestas tu cargador?

Juan se lo pasó.

—¿Seguro que estás bien?

—Sí —dijo Toño, tironeándose los shorts, la mandíbula tensa.

—¿Y Ma? ¿Cómo está?

Toño vaciló. Sus dedos se detuvieron.

—Dice que está bien, pero...

Su mirada se perdió en la ventana.

—La escucho llorar por las noches.

Juan parpadeó, los nudillos blanqueándose.

—¿Ma? ¿De verdad?

Toño asintió.

La mente de Juan dio un vuelco.

Nunca la había visto llorar—ni siquiera en el funeral de Gregorio. Como muchos padres coreanos, ella valoraba la dureza por encima de la ternura. Desde niños, les había inculcado un código no dicho: resistir, contener, nunca dejar que el mundo te vea sangrar. Llorar era invitar la vergüenza, fracturar la máscara de fortaleza que su familia llevaba tan apretada. Para ella, las lágrimas no eran un lenguaje, sino una debilidad, y la debilidad—especialmente en los hombres—era algo que debía tragarse entero.

—¿Le has preguntado?

—Sabes que no hablamos de esas cosas —murmuró Toño.

Luego, más bajo:

—Ni siquiera le he dicho que soy gay.

Juan soltó aire por la nariz, la mirada fija en la carretera.

—Quizás deberías empezar.

Mi-Ra estaba orgullosa del hombre en que su hijo se había convertido. Estable. Leal. Cariñoso. Un esposo que amaba con la misma devoción que un día había reservado para su madre. Lo entendía: una esposa debía ir primero. Ese era el orden natural. Pero comprenderlo no le calmaba el dolor. No la preparó para los domingos silenciosos, la silla vacía junto a la de Gregorio, la lenta desaparición de llamadas. No esperaba que la devoción se sintiera tanto como abandono.

No había terminado en una sola ruptura—se había desvanecido, como luz filtrándose entre cortinas. Un fin de semana fuera con Rut. Luego Rut indispuesta. Luego el mismo Juan. Hasta el perro había servido alguna vez como excusa. Cada razón parecía inocente por sí sola, pero juntas se apilaban. Y antes de darse cuenta, la risa de Juan ya no llenaba la cocina. Su silla permanecía vacía, el cojín guardando solo memoria. Un monumento silencioso a lo que fue.

—Toño nunca falta a la cena del domingo —dijo Mi-Ra con filo, el resentimiento tensándole la garganta.

—Toño no falta a ninguna cena —respondió Rut, la voz baja, tensada—. ¡Vive aquí! ¡Y tú lo consientes!

Mi-Ra apretó los labios en una línea delgada, negándose a darle a Rut la satisfacción de ver cómo le afectaba.

Un timbre agudo cortó el silencio. Los teléfonos se iluminaron a la vez. La mirada de Mi-Ra se posó en el de Juan, parpadeando sobre la encimera. La cocina se sintió demasiado quieta, como si contuviera el aliento.

—Debe ser una de esas alertas de emergencia —dijo Rut, deslizando el pulgar por la pantalla.

El sonido cesó, pero la inquietud se quedó suspendida en el aire.

—Mira —dijo Rut, exhalando—, yo nunca le pedí a Juan que dejara de venir a las cenas del domingo.

—No hacía falta —gruñó Mi-Ra—. Lo tuviste enredado en cuanto te conoció.

Rut cruzó los brazos, las uñas clavándose en las mangas mientras sostenía la mirada sin parpadear.

—¿Puedo preguntarte algo?

—Como si tuviera opción —murmuró Mi-Ra.

—¿Por qué nunca me invitaste a la cena del domingo?

La pregunta cayó como agua helada.

—¿Qué? —preguntó Mi-Ra, desconcertada.

—Si querías ver más a Juan, ¿por qué no incluirme?

Mi-Ra apretó el trapo de cocina entre los dedos.

—Es una tradición familiar —respondió, rígida—. Un asunto de familia.

—¿Incluso después de casarnos?

La respuesta ardió en su lengua:

Casados o no, los domingos eran míos. Mis cenas. Mi tiempo con él. Pero la contuvo. Demasiado crudo, demasiado revelador. Alzó el mentón y dejó que su tono afilado hablara por ella.

—El matrimonio no significa que puedas quedarte con todo —dijo—. Algunas cosas deben permanecer sagradas. La cena del domingo era mía. Reservada para mi familia.

La mandíbula de Rut se tensó, sus ojos parpadearon con herida. Mi-Ra lo vio y guardó silencio.

—Soy tu familia —dijo Rut en voz baja, casi suplicante.

Mi-Ra dejó que el silencio se asentara, pesado y final.

Rut tragó, la quietud prolongándose.

—¿Puedo preguntarte otra cosa? ¿Me odias? Por amar a Juan, digo.

Mi-Ra se giró lo justo para ver la vulnerabilidad en los ojos de Rut. Sus labios se abrieron, luego se cerraron otra vez. Las palabras subieron... pero se quedaron atrapadas, retenidas por orgullo y costumbre.

¿Cómo podría odiar a alguien... por amar a Juan?

Su niño—la alma más bondadosa que jamás conoció. El hijo que le sostuvo la mano en los funerales, que susurraba bromas para aliviar su dolor, que la llamaba solo para decir nada en absoluto. Debería haber dado gracias por cualquiera que lo amara.

Debería haber estado agradecida...

Pero no lo estaba.

Porque la verdad, enterrada por años, emergía ahora, enrollándose en su pecho como humo.

No odiaba a Rut por amar a Juan.

Odiaba que Juan amara más a Rut.

Que Rut fuera a quien él buscaba primero. La que se había convertido en su hogar.

Esa era la verdad que nunca podría decir en voz alta—la verdad que la vaciaba, la mordía por dentro, dejándola aferrada a migajas de devoción como una mujer hambrienta guardando los últimos restos de pan.

No odio. Envidia.

No resentimiento. Pérdida.

Y ardía más de lo que jamás admitiría.

4

La tienda se alzaba frente a ellos, el neón zumbando contra la oscuridad. El estacionamiento se extendía vacío, las bombas de gasolina desiertas. El edificio emergía como una feria sin público. Juan se estacionó junto a la entrada y forzó una sonrisa.

—Estacionamiento de primera fila.

—Sigue muerto —murmuró Toño, agitando su celular inútil.

Entraron.

Las luces fluorescentes resplandecían sobre los pisos pulidos. Un conejo mascota sonreía desde cada pared—demasiado ancho, demasiado fijo, burlón en el silencio.

—Turno mínimo —dijo Juan. Su voz resonó bajo los techos altos.

Toño se desvió hacia los botanas. Juan lo sujetó del brazo.

—Enfócate. Venimos por una sola cosa.

Una empleada estaba recargada en la caja, la mirada perdida en su teléfono.

—Disculpa. ¿Puré de calabaza? —preguntó Juan.

Ella levantó la vista lentamente, la voz plana.

—Soy nueva. Tengo que revisar.

Sus ojos se desviaron hacia el fondo antes de batallar inútilmente con su dispositivo.

Juan siguió aquella mirada.

Un hombre permanecía en la esquina, medio oculto, la mitad inferior del rostro cubierta por una mascarilla médica. Eso ni siquiera lo desconcertó —todos las usaban últimamente. Pero lo demás sí atrapó su atención: un abrigo largo negro que devoraba su figura, un gorro tejido calado hasta las cejas. Fuera de lugar. Abruptamente fuera de lugar en un noviembre texano que aún no conocía el frío real.

No era sólo una mirada.

Era una advertencia.

El pulso de Juan se aceleró cuando la comprensión lo golpeó.

Entramos en medio de un asalto.

Toño estaba unos pasos por delante, ajeno a todo.

Antes de que Juan pudiera detenerlo, Toño avanzó más dentro de la tienda.

—¡Toño! —ladró Juan.

—Relájate, no tardo.

La mirada de Juan volvió al abrigo del desconocido. Colgaba pesado, el tejido moviéndose con un peso antinatural. Cada paso hacía que el dobladillo se meciera un segundo demasiado lento, como si algo sólido arrastrara bajo las telas. Su brazo permanecía pegado al torso, rígido, protegiendo algo.

Tiene un arma.

El desconocido avanzó hacia Toño, la postura rígida, peligrosa. El pánico sacudió a Juan mientras intentaba acortar la distancia. Cada paso parecía demasiado lento, cada respiración demasiado ruidosa. Se obligó a seguir, desesperado por llegar a su hermano antes de que el momento estallara, antes de que el peligro se hiciera real.

Los ojos de Juan se clavaron en el hombre, siguiendo cada movimiento: los hombros tensos, la zancada contenida, el enfoque depredador fijo en Toño. Los puños de Juan se cerraron, sus pasos deliberados, acercándose. Con o sin arma, ese hombre irradiaba peligro, y Toño estaba en su mira.

Juan estiró la mano y alcanzó el brazo de su hermano, dejando el agarre el tiempo suficiente para que Toño se girara. Toño lo miró, confundido, una pregunta asomando en los ojos.

Sin palabras, Juan inclinó ligeramente la cabeza hacia el extraño, una señal nítida, urgente. El ceño de Toño se frunció; la confusión cedió al miedo naciente.

Juan se obligó a erguirse, a cuadrar los hombros, ocultando la adrenalina que le martillaba el pecho bajo una calma fingida. Inclinándose hacia él, murmuró, bajo y firme:

—Somos dos contra uno. Podemos con él.

Alzó las manos, avanzando despacio.

—Ey, tranquilo. No hay necesidad de—

—¡Aléjense! —silbó el hombre, la voz quebrándose bajo la tensión, una mano hundida en los pliegues del abrigo.

—Está faroleando —susurró Juan—. Si tuviera un arma, la mostraría.

La mano salió.

El metal brilló.

Una pistola.

El instinto arrasó con todo pensamiento. Juan tomó una botella de vino, la lanzó con un rugido. El vidrio estalló contra el hombro del hombre, el líquido rojo salpicando como sangre. Pero el arma se mantuvo firme.

Un disparo retumbó.

—¡Toño! —Juan se lanzó, pero la bala fue más rápida.

Toño se desplomó, agarrándose la pierna.

Otro disparo tronó.

Juan cayó, la visión estallando en destellos blancos. Por un instante no supo si la bala lo había alcanzado; sólo sentía el peso aplastante en el pecho, sus extremidades pesadas, el suelo tragándoselo entero.

La oscuridad lo cercó, espesa y despiadada. Sus pensamientos reptaron de vuelta hacia Rut—su risa, su amor, *la vida inconclusa*. El remordimiento cayó más pesado que el dolor, un filo más profundo que cualquier herida.

Entonces algo cambió: una ligereza lo envolvió, un silencio absoluto cerrándose a su alrededor. De él emergió una figura—serena, familiar, imposible.

Con su último aliento, los labios de Juan formaron la palabra que ascendió como una oración hacia la luz.

—Papá.

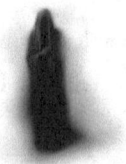

Una sensación conocida se retorció en el pecho de Mi-Ra—algo entre un dolor físico y una ruptura emocional. El corazón se le apretó, un nudo insoportable. La vista se le nubló, los bordes disolviéndose en un mareo, y una oleada de náusea se arremolinó en su estómago.

—Necesito sentarme —dijo, la voz tensa.

Buscó el mostrador, pero sus rodillas cedieron. Sus dedos resbalaron contra la superficie fría mientras se inclinaba hacia adelante, la respiración corta, cada inhalación una lucha contra un aire que parecía haberse espesado a su alrededor.

Rut dio un paso hacia ella, la preocupación marcada en su rostro.

—¿Mi-Ra? ¿Estás bien?

—N-no me siento bien —respondió Mi-Ra, llevándose una mano al pecho.

—Voy a llamar al 911 —dijo Rut, buscando su teléfono.

—No —protestó Mi-Ra débilmente—. Sólo... dame un minuto.

Rut vaciló, la incertidumbre cruzándole el rostro.

—Está bien, pero al menos recuéstate.

Le pasó un brazo por los hombros y la guió con cuidado hacia el sillón.

Mi-Ra quiso apartar la ayuda de Rut. Su instinto siempre había sido empujarla lejos, mantenerla a distancia.

No la necesito. No la quiero aquí.

Pero su cuerpo tenía otros planes.

—Recuéstate —indicó Rut, tomando un cojín—. Vamos a levantar tus piernas.

Mi-Ra no discutió. Cerró los ojos un instante, permitiéndose ceder mientras Rut acomodaba sus pies, movimientos rápidos pero cuidadosos.

—Te traigo agua —dijo Rut, dirigiéndose a la cocina.

Mi-Ra odiaba necesitar ayuda. Odiaba ese instante de vulnerabilidad. Pero, más que nada... *odiaba cuánto la reconfortaba la presencia de Rut.*

Rut regresó y le ofreció el vaso. Llevaba un solo cubo de hielo, justo como a Mi-Ra le gustaba.

—¿Cómo te sientes? —preguntó.

Mi-Ra tomó un sorbo, la mano temblándole apenas.

—Extraña —respondió simplemente.

—Esto fue mi culpa —dijo Rut, el remordimiento brillando en sus ojos—. Presioné demasiado la conversación. Te estresé.

Mi-Ra negó con un leve movimiento, logrando una sonrisa débil.

—No, no fue eso —dijo—. La conversación ya hacía falta.

—No, de verdad, yo—

Mi-Ra estalló.

—¡Esto no tiene nada que ver contigo! —gritó.

Los ojos de Rut se abrieron de par en par.

—Lo siento —se apresuró a decir Mi-Ra—. Es sólo que... tuve una sensación. De la nada. Y casi me tira.

—¿Te has sentido así antes? —preguntó Rut suavemente.

—Nunca —cortó Mi-Ra, la palabra saliendo como una hoja afilada.

No le daría a Rut el gusto de verla vacilar. No le abriría ni una grieta por donde entrara la lástima.

La debilidad no tiene lugar aquí.

No en su casa. No en su corazón. No en su duelo.

5

Las puertas automáticas se abrieron con un suspiro mecánico, liberando un frío que se aferró a la piel de Mi-Ra. El golpe de aire acondicionado de la farmacia la envolvió, demasiado cortante contra el calor que ella traía dentro.

Sus zapatos repiquetearon sobre el mosaico pulido, cada paso firme pero pesado, como si arrastrara algo más que su cuerpo. La receta de Gregorio estaba húmeda entre sus dedos—no sabía si por el bochorno de afuera o por el sudor de sus propios nervios.

—Es para mi esposo, por favor póngale prioridad —dijo Mi-Ra, deslizando la receta por el mostrador.

La farmacéutica la tomó con una sonrisa practicada, el tipo de gesto pulido por incontables rostros cansados.

—¿Cómo se encuentra su esposo, señora Roberts?

Mi-Ra exhaló despacio.

—Días buenos y días malos.

—¿Y hoy? —preguntó la farmacéutica, suave.

Los pensamientos de Mi-Ra volaron hacia Gregorio en casa—la forma en que lo dejó al salir. Cansado, los ojos hundidos, pero aún de buen humor. Bromeando, incluso. Todavía, en tantos sentidos, lleno de vida.

—Hoy es un buen día —dijo Mi-Ra.

Se dejó caer en una silla de plástico en la sala de espera. Filas de vitaminas y tubos de pasta dental la observaban, ordenados, impecables, mientras su pecho se sentía todo menos eso. Llevó una mano a su esternón, intentando convencerse de que no era nada.

Solo cansancio. Solo estrés. Solo—

Un dolor agudo, aplastante, estalló bajo sus costillas. Aspiró aire tan rápido que silbó entre sus dientes.

El mundo se inclinó.

El calor le subió al rostro, abrasador, para luego romperse en una oleada helada que le erizó la piel. De pronto fue consciente de cada latido de su corazón—violentos, irregulares, martillando como si quisieran arrancarse de su pecho. El sonido llenó sus oídos, un estruendo sordo que ahogó cualquier pensamiento.

Se aferró al pecho, los dedos crispándose en la tela de su blusa, las uñas hundiéndose como si pudiera sostener el órgano desbocado en su lugar.

Dios mio...

Las palabras salieron ásperas, casi un susurro. La visión se le nubló, los bordes manchándose de negro, como tinta derramada.

La cabeza de la farmacéutica se levantó de golpe. Rodeó el mostrador rápidamente, sus pasos resonando firmes contra el mosaico.

—¿Señora Roberts? ¿Está bien?

Mi-Ra intentó responder, pero las palabras se atoraron en su garganta. Solo pudo emitir un jadeo estrangulado. Su mano resbaló de su pecho, inútil, temblorosa. Las piernas no respondieron; se desplomó de lado en la silla.

La farmacéutica se agachó junto a ella, su voz baja pero firme, el tipo de tono que se usa para impedir que alguien se deslice hacia la nada.

—Quédese conmigo. Quédese conmigo, ¿sí? —Tomó la muñeca de Mi-Ra, intentando sentir su pulso, el ceño fruncido mientras con la otra mano tanteaba su teléfono.

—911, tengo a una mujer de sesenta y tantos, posible evento cardíaco—

Rut permaneció cerca, atenta, casi deferente—poniendo el vaso de agua al alcance de la mano, ajustando el cojín detrás de la espalda de Mi-Ra como si fuera una invitada y no la dueña de la casa. La expresión en su rostro no tenía artificio alguno; sólo preocupación genuina. Y eso inquietó a Mi-Ra más que la indiferencia.

Dejó que el silencio se estirara antes de romperlo, la voz baja.

—Una vez ya había sentido esto antes —admitió al fin—. En mi país lo llamamos *Jeong*... un vínculo tan profundo, tan arraigado, que trasciende lo físico. Una conexión que permanece, incluso más allá de la muerte.

Rut asintió levemente.

Mi-Ra la observó, percibiendo la vacilación.

—No me crees, ¿verdad?

—No es que no te crea —respondió Rut—. Es sólo que yo aprendí sobre esto hace poco. Mi terapeuta lo llama alucinación por duelo, pero es más probable que sea algo conocido como entrelazamiento cuántico.

Mi-Ra la miró sin comprender.

—Es un fenómeno donde dos o más partículas se enlazan, compartiendo un mismo estado cuántico. El estado de una determina instantáneamente el estado de la otra, sin importar la distancia... *acción fantasmal a distancia* —añadió Rut—. Palabras de Einstein, no mías.

Mi-Ra bufó por dentro. *¿Para qué pierdo mi tiempo?*

Pero no tenía fuerzas para discutir. Apretó el vaso de agua; el leve temblor de sus manos traicionó la calma que intentaba proyectar. Sus ojos se clavaron en la superficie del agua, como si pudiera obligar a la tormenta interna a aquietarse. La rabia le arañaba el pecho, mezclada con algo mucho más vulnerable, pero la tragó.

El timbre sonó—agudo, repentino, cortando la casa en dos. Gizmo ladró y salió disparado hacia la puerta, la cola agitando el aire.

La cabeza de Mi-Ra se alzó, el aliento atrapándose en su garganta. No esperaba a nadie. Juan y Toño habrían entrado sin tocar. El silencio se cerró sobre ella, pesado, mientras el pulso comenzaba a martillarle las sienes. Lentamente, volvió la mirada a Rut.

Rut abrió la puerta.

Dos policías estaban en el pórtico, las placas brillando bajo la luz tenue. Gizmo saltó contra la pierna de uno de ellos, buscando atención.

—¿En qué puedo ayudarles? —preguntó Rut.

Mi-Ra se acercó.

—Buscamos a la señora Roberts —dijo uno de los oficiales, el tono firme pero cargado de gravedad.

—Soy yo —respondieron Rut y Mi-Ra al mismo tiempo, las voces frágiles.

Las palabras se atascaban en el pecho de Mi-Ra. *Señora Roberts...*

Alguna vez, ese título había sido suyo únicamente—prueba de la vida que construyó con Gregorio, de la familia que levantó con amor y sacrificio. Ahora Rut también lo llevaba, como ropa prestada que jamás le quedaría.

—Mi nombre es detective Gómez —dijo el hombre, quitándose el sombrero—. Lamento informarles...

El resto se desmoronó en fragmentos, cada sílaba implacable.

Esto es un error. Juan no está muerto. Va a volver en cualquier momento.

El mantra golpeó su mente—desesperado, inútil. El peso de las palabras se impuso, aplastando la negación.

—El señor Roberts menor está recuperándose en el hospital —añadió el detective.

Mi-Ra exhaló, pero el alivio no llegó. Juan seguía muerto.

La voz de Rut irrumpió, rota por la desesperación.

—¿Cómo?

El detective sostuvo el sombrero contra el pecho, como si ese gesto pudiera suavizar el golpe.

—Un asalto. Los detalles aún no están claros, pero parece que el señor Roberts mayor intentó proteger al menor. Hubo un enfrentamiento. Tal vez creyó que el sospechoso no estaba armado.

Rut contuvo el aliento.

—¿Por qué cree eso?

—El sospechoso ocultó el arma hasta estar lo suficientemente cerca —respondió.

—¿Cerca para qué? —preguntó Mi-Ra, la voz quebrándose.

—El sospechoso utilizó una pistola de perno cautivo.

Una pistola de perno cautivo. Viviendo entre ranchos ganaderos en Texas, Mi-Ra la había escuchado mencionar—un arma utilizada para sacrificar ganado, diseñada para disparos a quemarropa. Sus dedos se aferraron al marco de la puerta hasta que la madera le devolvió el dolor.

La explicación la quemó, más que las palabras mismas, imponiendo una imagen brutal que su mente rechazaba.

Juan no había tenido oportunidad alguna.

6

Las fachadas brillaban detrás de puertas cerradas, los autos dormían en filas ordenadas junto a la acera. Las calles lucían abandonadas, vacías de vida, como si la ciudad misma se hubiera refugiado en casa. La noche de Thanksgiving la había convertido en un pueblo fantasma: todos reunidos con sus familias, envueltos en risas, pavo y tradición.

Rut iba en el asiento trasero, el vinilo frío y rígido contra sus piernas. Las luces de las calles parpadeaban sobre su rostro, franjas de sombra y resplandor cortándola en fragmentos, como si ni siquiera el mundo supiera qué debía sentir ella.

No le dieron tiempo para procesar la noticia. Un momento escuchaba palabras que no tenían sentido—frases como *vehículo recuperado, protocolo, evidencia*—y al siguiente, estaba en el asiento trasero de una patrulla, la puerta cerrándose con un clic sordo y definitivo. Sus voces cortantes se mezclaban, distantes, apagadas, como si sus oídos estuvieran sumergidos bajo el agua.

Alzó la mirada hacia el retrovisor, atrapando los ojos del oficial—firmes, indescifrables—un velo tan liso que apenas insinuaba las tormentas enterradas detrás.

Las palabras presionaban en su pecho, arañando para salir. Sus labios no cedieron. Su garganta se cerró.

Cuando por fin brotó su voz, salió áspera, ronca.

—¿La persona responsable está detenida?

Una pausa.

Luego un estornudo repentino desde el asiento del copiloto.

—Logró evadir el arresto —dijo Gómez, la voz espesa—. Por ahora.

Las palabras cayeron en el estómago de Rut como plomo.

—¿Por qué estornudas tanto? —preguntó el otro oficial.

—Es el perro —murmuró Gómez—. Soy alérgico.

Su intercambio zumbó en los oídos de Rut como estática—grotesco en su normalidad. Dos hombres discutiendo sobre alergias mientras su mundo estaba en ruinas.

Cada segundo se arrastraba, insufrible, mientras la patrulla avanzaba lentamente por la ciudad. Las uñas de Rut se clavaron en el asiento, tallando medias lunas en el vinilo.

Su reflejo en la ventana la observó: pálida, ojos huecos, un rostro que apenas reconocía. La negación se cerró sobre ella, feroz, implacable, golpeando cada pensamiento.

Debe ser un sueño. Despierta. Esto no está pasando. Despierta, Rut.

Su mano se movió hacia su mejilla antes de que pudiera detenerla—el impulso ridículo, animal, de abofetearse para sacudir la realidad. Lo contuvo, cerrando el puño a su costado hasta que el temblor cedió.

Pero la verdad latía dentro de ella, implacable.

Una luz dura fluorescente cortó el cristal. Un letrero de tienda de conveniencia zumbó sobre el toldo de la patrulla cuando esta se detuvo bajo su resplandor inmóvil.

Las bisagras gimieron cuando Gómez abrió la puerta.

Rut no se movió. No podía. Su cuerpo cedió, inerte, como si sus venas se hubieran endurecido en cemento.

—Cuando esté lista —dijo Gómez, extendiendo una mano.

Rut apenas asintió, ignorándola. Forzándose a incorporarse, salió por su cuenta.

El estacionamiento la golpeó con todos los sentidos a la vez: el hedor a gasolina, el resplandor de los reflectores, el ardor del asfalto aún tibio.

Y entonces lo vio...

La camioneta de Juan.

Estacionada con pulcritud junto a la tienda, la carrocería plateada brillando bajo la luz estéril. Impecable. Intacta. Esperando, como si nada hubiera pasado.

El aire se le atoró en el pecho. Por un instante, la mentira más peligrosa susurró en su mente:

Está adentro. Va a salir en cualquier momento.

Su visión se estrechó, los bordes difuminándose—hasta que una mano rompió el hechizo.

—Señora —dijo Gómez suavemente.

La imagen la golpeó de lleno. Colgando de sus dedos estaba el llavero de los Houston Texans de Juan—el esmalte del logo raspado en los bordes, la placa metálica con las iniciales J.G.R. desgastada por años de uso. Un aroma tenue a cuero y aceite de motor flotaba en él, el olor de su camioneta, de él. Ahora oscilaba bajo la luz fluorescente, obsceno en su innegable final.

Los pulmones de Rut se cerraron. Sus rodillas cedieron. Se desplomó sobre el asfalto antes de poder sostenerse, las palmas abriéndose en heridas al rasparse contra la grava mientras buscaba algo—cualquier cosa—para aferrarse en medio del oleaje que la arrasaba: el duelo, la incredulidad, una verdad demasiado brutal para contener.

Su cuerpo se rindió. Un sonido brotó de su garganta, primitivo y desgarrado, sorprendiéndola incluso a ella. No fue un sollozo. Fue un alarido. Brutal. Profundo hasta la médula. Un grito nacido de un alma quebrándose, el tipo de sonido sin lenguaje, sin forma, sólo dolor. Rasgó la noche y reverberó por el estacionamiento vacío, lo bastante crudo para estremecer el aire.

Y luego terminó.

El aliento de Rut titubeó mientras el silencio volvía, súbito.

El letrero seguía zumbando. Las luces seguían ardiendo. La existencia continuaba, implacable, como si nada hubiera cambiado.

Rut tembló bajo el resplandor fluorescente y comprendió: ni siquiera este tipo de dolor obligaba al mundo a detenerse.

Ni por ella. Ni por Mi-Ra. Ni por nadie.

7

Un retumbo bajo, gutural, rompió el silencio estéril.

Rut dio un respingo, parpadeando hasta volver a la conciencia.

Frente a ella, la directora funeraria la observaba con expresión suavizada. Sus labios se movían, formando palabras que Rut apenas logró registrar—apagadas, lejanas, como si fueran pronunciadas bajo el agua.

—¿Perdón? —su voz tembló, frágil y extraña incluso para ella. Apretó a Gizmo contra su pecho, su único ancla de consuelo en un mundo que se había vuelto súbitamente ajeno.

—Dije, ¿puedo ofrecerle algo de comer? —repitió la directora funeraria.

Le deslizó un panqué de arándanos envuelto en plástico.

La boca de Rut se abrió, luego se cerró otra vez.

—¿Qué? Yo... no, gracias —dijo sin pensarlo.

Pero su estómago la traicionó, gruñendo, más fuerte esta vez.

Bajó la mirada hacia el panqué. Nada especial. Probablemente seco y duro. Y aun así, en ese instante, significaba más que comida.

Era una ofrenda. Un recordatorio de lo lejos que había caído incluso de los actos más simples de cuidado.

Ella había aprendido a cuidarse sola desde que tenía memoria. Su padre había hecho el intento—Dios sabía que lo había intentado—pero la paternidad en solitario lo desgastaba. En las noches en que trabajaba tarde, ella esperaba con el palo de escoba atrancado contra la puerta. Aprendió pronto a no esperar que nadie la alimentara ni le preguntara cómo estaba. Durante años se dijo que eso la hacía fuerte, independiente, capaz. Llevaba la autosuficiencia como armadura.

Hasta que conoció a Juan.

Él había crecido en un mundo de comidas caseras, la casa perfumada con ajo y aceite de sésamo, la comida como acto de amor. Ella solía burlarse de él por eso. Pero en los días difíciles—cuando sentía que se rompía—él simplemente le ofrecía un plato, sin juicios. Y en los peores, se lo llevaba hasta la cama. Cuidado silencioso, deliberado.

Y ahora, sentada frente a una extraña en una sala fría con un panqué envuelto en plástico, sintió la ausencia de ese cuidado como un miembro fantasma.

—Le recomiendo la Sala de Velación A —dijo la directora funeraria—. Es la más amplia que tenemos disponible.

El teléfono de Rut vibró. Ella lo tomó al instante, el pulso acelerándose.

—¿Oficial Gómez? ¿Lo arrestaron?

—Buenas tardes, señora Roberts. Soy el detective Gómez —corrigió con suavidad. Su voz era calmada, pero desgastada en los bordes—. No, aún no tenemos a nadie bajo custodia. El sospechoso vino preparado. Guantes—sin huellas útiles. Y según lo que encontramos, pudo haber usado elevadores en los zapatos para alterar su estatura. Sabía cómo engañarnos.

Rut exhaló, el sonido rompiéndose en su garganta.

—Entonces... ¿qué pasa ahora? —La pregunta salió hueca, despojada de esperanza.

—Despida a su esposo —dijo él—. Y no se rinda. Yo tampoco lo haré.

La llamada terminó con un clic suave.

Rut se desplomó en la silla, los músculos inútiles, los huesos hundiéndose en el tapizado gastado. Gizmo saltó a su regazo, su cuerpecito pegado al de ella, la cabeza recargada sobre su corazón. Usualmente, ese peso pequeño la consolaba. Hoy... la deshizo.

Las lágrimas llegaron—calientes, silenciosas, implacables. Quizá era lo que necesitaba.

LA LLORONA: EL DESPERTAR 43

—Debe estar agotada —dijo la directora funeraria en voz baja—. ¿Le gustaría recostarse un momento?

Señaló un sofá en la esquina.

Rut abrió la boca para negarse, pero no salieron palabras. No había dormido en días. El cansancio se le pegaba al cuerpo como tela empapada—pesado, asfixiante.

Al final, asintió.

—Gracias.

—Tómese el tiempo que necesite —dijo la mujer, apagando las luces del techo al salir.

La puerta susurró al cerrarse.

Rut se recostó, acurrucándose de lado. Sus dedos se enredaron en el pelaje de Gizmo. Miró hacia la oscuridad, la visión empañada por lágrimas. Los labios le temblaron. Susurró en el silencio, cruda y desesperada.

—Juan... por favor. —La voz se le quebró—. Ven a mí. Por favor. Dame la oportunidad de despedirme.

Las palabras se disolvieron en la quietud.

Y cuando al fin el sueño la reclamó, no lo hizo con suavidad. La arrastró hacia abajo, hundiéndola en un sueño que no parecía escape, sino un llamado...

Un llamado que esperaba respuesta.

Juan estaba a sólo unos pasos de distancia, entero y radiante, envuelto en el brillo tenue de la luz onírica. El aire a su alrededor llevaba el calor que Rut siempre había conocido—sutil, firme. Ese rastro de cedro y lino limpio seguía pegado a él, tan real que casi creyó que acababa de entrar en la habitación. Sus ojos encontraron los de ella, firmes y tiernos, llenos de la misma comprensión silenciosa que siempre la había sostenido.

Por un momento —uno hermoso, doloroso— Rut creyó que era real. El corazón le estalló con una esperanza imposible. Pero luego la verdad se deslizó, fría e innegable. Esto no era real. Era el *entremedio*. Podía sentirlo: frágil, incierto, un lugar suspendido entre la memoria y la despedida.

Dio un paso hacia él, la voz temblorosa.

—¿Cómo... cómo estás?

Juan sonrió suavemente, casi con timidez.

—Asustado —dijo.

La honestidad le atravesó el pecho como una cuerda tensada demasiado pura para ignorarla.

—Más que nada por el proceso.

Rut frunció el ceño.

—¿El proceso?

Juan bajó la mirada, buscándola.

—Ya sabes... prepararme. Mi cuerpo. Para la velación. Para el entierro. Todo eso.

Su tono no llevaba miedo, sólo una aceptación que Rut no podía sostener.

—Pero —añadió, alzando el mentón con un optimismo que sonaba prestado—, por el lado bueno, estoy con familia.

—Claro... —susurró Rut, la garganta apretada.

Quería retenerlo, anclarlo a ella, pero el momento parecía quebrarse con cualquier sonido. Bajó la mirada.

—Saluda a tu papá de mi parte —murmuró.

El silencio cayó de golpe.

Rut contuvo el aliento. *Esta es mi oportunidad.* Las preguntas que había enterrado bajo el shock surgieron, afiladas, urgentes.

—Juan... si sabes algo del hombre que hizo esto —lo que sea— por favor, dímelo. No puede desaparecer así. No puede ganar.

El arrepentimiento suavizó su expresión. Negó con la cabeza.

—Ojalá pudiera. Pasó tan rápido.

LA LLORONA: EL DESPERTAR

—Debes recordar algo, lo que sea—

—Rut. —Su voz la cortó con suavidad, firme como tantas veces cuando ella perdía el equilibrio—. Te amo. Lo sabes. Y hasta que podamos estar juntos otra vez, necesito que seas fuerte... y que cuides de *mi familia*.

Ella se congeló.

¿Mi familia?

Las palabras sonaron equivocadas, afiladas, sin resolver. El pecho se le contrajo con desconcierto. La mente buscó claridad, pero ninguna palabra apareció.

Los ojos de Juan se ablandaron.

—Te amo, Rut —susurró otra vez—. En esta vida y en la próxima.

Rut cerró los ojos cuando sus labios rozaron su frente—un toque leve, devastador. El calor floreció en su pecho, profundo, doloroso. Por un segundo frágil, creyó que duraría.

Pero el instante comenzó a deshilacharse.

—No —susurró, abriendo los ojos de golpe—. Por favor... aún no. No te vayas.

Las palabras se desmoronaron, crudas, desesperadas. Extendió las manos hacia él, temblorosas, el corazón golpeando un ritmo frenético.

Pero la figura de Juan ya se desvanecía, los bordes disolviéndose como niebla bajo la luz. Sus dedos no atraparon nada.

Y entonces desapareció. Sólo su voz quedó, adelgazándose hasta convertirse en silencio.

Rut abrió los ojos.

La habitación estaba tenue, quieta. Gizmo se movió a su lado, pero ella apenas lo notó. Su mente giraba sin control.

Mi familia.

No podía ser accidental. Había sido deliberado. Dirigido. Un mensaje.

El dolor se apretó contra sus costillas, pero ahora venía acompañado de algo más agudo, más oscuro...

Miedo.

8

El tenue olor a lirios se mezclaba con el aire estéril de la funeraria —una mezcla empalagosa que se adhería a la piel de Rut, dificultándole respirar.

Estaba de pie en el atril al frente de la sala de velación, los hombros firmes pero el alma a la deriva. El espacio se sentía irreal, como ver su propia vida a través de un vidrio esmerilado. Los rostros se fundían en una masa informe. Los susurros flotaban como humo —inaudibles, ininteligibles. Se sentía a la deriva, flotando por encima de todo, incapaz de anclarse al peso del dolor que la oprimía.

Una mano rozó su hombro.

—Gracias por venir —murmuró de manera automática, la voz delgada, casi desprendida de ella misma.

—Por supuesto —dijo Pablo, sentándose a su lado—. ¿Puedo ayudarte en algo?

Ella negó, distraída por los surcos de gel en su cabello perfectamente peinado, por el saco negro que lucía extraño en él. Su soltura habitual se había sustituido por una rigidez que lo hacía verse fuera de lugar.

—¿Quieres que busque a tu suegra? —preguntó—. La vi cuando entré.

Rut dirigió la mirada al fondo de la sala. Mi-Ra estaba junto a la entrada, recibiendo a los invitados con una sonrisa demasiado amplia, la postura rígida. Por fuera parecía compuesta, incluso pulida. Pero Rut no lo creía. Veía la verdad en el leve e inquieto movimiento de sus dedos, en la quietud vidriosa de sus ojos cuando nadie los observaba de cerca.

—No —dijo Rut, cortante—. No está en condiciones de hablar en público.

—Obviamente no la conozco —dijo Pablo, en voz baja—. Pero parece... un poco fuera de sí.

Los ojos de Rut se entrecerraron.

—¿Qué quieres decir?

—Cuando le ofrecí mis condolencias, se quedó mirándome. En blanco. Luego me abrazó.

Rut había notado la misma pausa, ese peso extraño antes de que Mi-Ra se moviera—pero reconocerlo significaba aceptar capas que aún no estaba lista para enfrentar.

—¿Y? —insistió, más dura de lo que pretendía.

—Por lo que me has contado —dijo Pablo, eligiendo cada palabra con cuidado—, no parece del tipo de persona que abraza a un desconocido. Se sintió... extraño. Como si no fuera ella.

Rut cruzó los brazos.

—Está tomando medicinas para sobrellevar esto —dijo, plana—. Está bien.

Las palabras salieron más duras de lo que quería, más escudo que verdad. Aun así, el desasosiego le raspó por dentro. Pablo había visto la misma grieta que ella.

Él asintió, aunque la preocupación persistía en su rostro.

—Están cargando con mucho —dijo suavemente—. Tal vez ahora se necesiten más que nunca.

Rut bajó la mirada, aferrándose a la taza de café entre las manos. No respondió.

—Sólo prométeme —añadió Pablo—, que si hay algo en lo que pueda ayudarte, me lo dirás.

Ella parpadeó rápido, echando la cabeza hacia atrás para contener las lágrimas.

—Sí —logró decir con una sonrisa cansada—. No eres el primero que me dice eso.

—Seguro hay mucha gente formándose para ayudar.

Rut soltó una risa amarga.

—Te sorprenderías.

Sin decir más, se levantó y caminó hacia el atril. El murmullo de la sala se desvaneció, reemplazado por el silencio expectante de decenas de miradas. Aclaró la garganta, aferrando las notas con manos temblorosas. No las necesitaba. Las sostenía sólo para evitar mirar directamente a ese mar de rostros—ojos llenos de simpatía o, peor aún, de lástima.

—Esta última semana ha sido una pesadilla de la que no puedo despertar —comenzó. Su voz salió tensa, temblorosa—. Siento tantas cosas a la vez: enojo, vacío, tristeza... y, de alguna manera, gratitud. Estoy enojada con el cobarde que le... —Se detuvo.

Todavía tengo mi dignidad, pensó con fiereza.

Forzó la respiración a estabilizarse.

—Pero el dolor... es demasiado vasto para contenerlo. Estoy triste porque perdí al amor de mi vida, mi compañero, mi alma gemela—la única persona que hacía que este mundo impredecible se sintiera estable.

El aliento se le trabó, las lágrimas nublándole la visión, pero continuó.

—Y aun así... me siento bendecida —susurró—. Bendecida por el tiempo que tuve con él. No fue suficiente—nunca lo sería, no para un amor tan grande que todavía siento como si una parte de mí faltara.

Sus manos se aferraron al atril.

—Lo que más siento es que, sin importar cuántos años nos hayan dado, siempre dolerá saber que no tuvimos más.

Un murmullo recorrió la sala.

Rut levantó la vista. Mi-Ra avanzaba hacia el frente.

Los susurros se inflaron, bajos y cortantes.

—¿Puedes creer que está sonriendo?

—Está drogada—órdenes del doctor.

—Aun así... parece que ni está de luto.

Cada palabra rasgó a Rut, filosa como vidrio. El pecho se le oprimió, el pulso martillándole las costillas. Podía dejar que siguieran, dejar que destrozaran a Mi-Ra. O podía responder. La elección la atravesó como un rayo.

—Mi-Ra —dijo Rut con firmeza, extendiendo la mano.

Un jadeo colectivo recorrió la sala. Mi-Ra vaciló, la sonrisa titubeando. Por un instante pareció debatirse entre retroceder o avanzar. Luego, lentamente, colocó su mano en la de Rut.

Juntas encararon a la sala. Rut alzó el mentón, la columna sostenida por pura determinación.

—Esta semana nos ha puesto a prueba de maneras que jamás imaginamos —dijo, su voz elevándose sobre el murmullo—. Y sí, cada una de nosotras vive el duelo de forma distinta. Cargamos el dolor con formas diferentes. Pero no confundan diferencia con ausencia. No confundan compostura con falta de amor.

Barrió la sala con la mirada.

—Su cariño, sus oraciones, su presencia nos recuerdan que no estamos solas. Aunque el dolor haya intentado quebrarnos, no permitirá dividirnos. No hoy. No aquí. Por eso, estamos agradecidas.

Apretó con más fuerza el hombro de Mi-Ra. La sala se inmovilizó. Los susurros se extinguieron. Por primera vez en toda la semana, Rut sintió que el peso del juicio se levantaba. Ya no estaba de pie sola.

A su lado, la presencia de Mi-Ra—frágil, imperfecta, pero indiscutible—convirtió el momento en algo más grande que el dolor.

Se convirtió en un juramento silencioso. Una reclamación de dignidad. Una resistencia compartida.

9

El pulido borde de madera de la limusina brillaba tenuemente bajo la luz deslavada de noviembre, opacada por las ventanas surcadas de lluvia. El agua resbalaba por el cristal en hilos inquietos, borrando el paisaje hasta volverlo manchas grises en movimiento—lápidas difuminadas como fantasmas sin nombre.

Mi-Ra contemplaba el cementerio. Los dolientes se agrupaban bajo un toldo vencido, paraguas dispersos como manchas negras contra el cielo lloroso. La escena más allá del vidrio ondeaba, difusa por la lluvia. Irreal. Parte sueño. En su mayoría pesadilla.

Rut estaba sentada frente a ella, pero el espacio entre ambas parecía vasto—una distancia que ninguna se atrevía a cruzar.

Toño no ofrecía consuelo. Sólo lágrimas silenciosas, calientes y desbordadas, acumulándose a su lado.

Nadie hablaba.

Fragmentos del servicio del día anterior destellaban en la mente de Mi-Ra, inconexos, nebulosos. No recordaba mucho de los días previos—sólo el zumbido monótono de la voz de la directora funeraria, la presión de manos sobre las suyas, ojos pesados de lástima. Incluso las fotografías que había pasado horas seleccionando para la presentación de Rut ahora se mezclaban en un borrón. Sonrisas y rostros reducidos a sombras sin definición. Escenas sin historia. Sonidos sin ancla.

La voz de Rut rompió el silencio, suave pero firme.

—Toma estas.

Le abrió los dedos—su puño tenso como piedra—y colocó dos pequeñas pastillas en su palma. Compasión en forma de cápsula, destinadas a atenuar los filos más agudos del duelo.

Los dedos de Mi-Ra se cerraron alrededor de ellas. Cuando alzó la mirada hacia Rut, sus ojos ardían, fieros bajo el cansancio hueco.

—Puede que tú las necesites —dijo con voz baja, áspera—, pero yo no.

Las palabras cayeron pesadas en el silencio, y dejó que permanecieran allí. No permitiría que ese día se disolviera en neblina medicada. Necesitaba sentirlo—el dolor crudo, punzante, la realidad que desgarraba, la verdad inclemente de lo que había perdido.

La mirada de Rut se sostuvo un instante más antes de abrir la puerta y descender bajo la llovizna, su abrigo oscureciéndose de inmediato con gotas dispersas.

Mi-Ra inhaló larga, temblorosamente. Por un momento permaneció quieta, con los ojos cerrados, como si pudiera atraer compostura con el aire, como si una sola respiración pudiera estabilizar las grietas que la atravesaban. Sólo cuando sus pulmones ardieron exhaló, reunió lo poco que quedaba de su voluntad y alcanzó la manija de la puerta.

Envuelta en negro, descendió a la llovizna. Su silueta recortada contra la paleta deslavada del cementerio. El frío se coló bajo su abrigo, mordiendo hueso adentro. Estaba más delgada ahora, desgastada en los bordes, la piel pálida, los ojos marcados por noches sin sueño. El duelo ya había comenzado su trabajo cruel.

Se sentó en la primera fila, la silla de madera dura e implacable bajo su peso. Sus manos temblaron en su regazo, retorciendo el borde deshilado de su bufanda hasta que los hilos se clavaron en su piel.

Por fuera, su dolor era invisible. No le surcaba el rostro con lágrimas ni doblaba sus hombros en derrota. En cambio, se enroscaba en su estómago, gritaba en su pecho, golpeaba contra su caja torácica con cada obstinado latido. Pero por fuera permanecía quieta. Inmóvil. Una estatua al borde de la ruina. Había perfeccionado esa actuación durante años: compostura, gracia, silencio. La máscara de la dignidad.

Sin embargo, la verdad era más dura. Esa compostura no era una corona; era un disfraz, cosido a prisa con ritual y voluntad, a un hilo de deshacerse.

Por dentro, era escombros—astillada, dispersa, apenas conservando forma. Su corazón clamaba por su familia, arrancada, robada por la mano despiadada del destino. Y bajo ese clamor había algo más silencioso, más filoso. Más peligroso. Una revelación cruel que la vaciaba aún más:

No tenía dónde depositar su dolor. No había Gregorio para apoyarse. No había Juan para anclarla a la tierra. No había puerto seguro para el peso que la aplastaba.

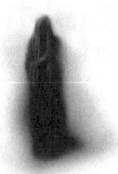

Gregorio había elegido el lugar—un tramo de sombra bajo un roble enorme en la extensión abierta del cementerio. Para Mi-Ra, el árbol parecía un centinela, sus ramas extendidas como si resguardaran a quienes yacían debajo.

Terreno privilegiado en un espacio cincelado por la pena.

—Deberíamos comprar cuatro terrenos —dijo ella, los brazos cruzados con fuerza sobre el pecho. Las palabras salieron más afiladas de lo que pretendía, cargadas con más que simple determinación.

Gregorio negó con la cabeza.

—Tenemos que ser prácticos. Juan tiene su propia familia. Y Toño...

Se detuvo.

Los ojos de Mi-Ra se entrecerraron.

—¿Y Toño qué?

—Es joven.

—Es joven —replicó ella—, no inmortal.

Las palabras cayeron pesadas entre ellos. Imaginar a Toño muerto—su bebé, incluso ya adulto—era impensable. El pensamiento la desgarró como algo salvaje, pero se negó a permitir que la calma de Gregorio apagara ese miedo visceral.

Él se echó hacia atrás, los dedos entrelazados sobre el estómago, la expresión impenetrable. Su voz no cargaba enojo ni volumen—solo la certeza de una pared que no cedería.

—No vamos a comprar cuatro. Se acabó.

La firmeza lo presionó contra ella como un muro imposible de atravesar. Para él era practicidad. Para ella, frialdad, como si la lógica pudiera importar más que el miedo.

Mi-Ra lo fulminó con la mirada, tragándose la punzada, negándose a mostrarla.

Al final, compraron tres—uno para ella, uno para Gregorio y uno para Toño. Una concesión delgada como papel, un consuelo mínimo que ella aferró como prueba de que no había sido borrada del todo. La lógica de Gregorio ganó, pero no del todo. Ella reclamó al menos eso.

Lo que alguna vez había sido elegido por su serenidad ahora le parecía una burla. Enterrar a su hijo junto a su esposo—en el terreno destinado para ella—no era sólo cruel. Era devastador. La idea la golpeó con una claridad brutal, una oleada fresca de desesperación estrellándose contra ella, afilada e implacable.

No era sólo una tumba lo que había sido robado. Era una promesa. La certeza tranquila de que ella y Gregorio descansarían juntos algún día, lado a lado. Y quizá—si el mundo hubiera sido misericordioso—Toño también, después de una vida larga, plena.

Nunca así. Nunca esto.

Llevó una mano al esternón, presionando con fuerza, como si pudiera sofocar el dolor que le roía por dentro, pero la presión sólo lo intensificó—una marea alzándose bajo la piel, incontenible. Quería gritar, quería romperse, quería desgarrar el cielo por lo que le había arrebatado. Pero su voz se había ido, enterrada bajo un duelo que le apretaba el pecho como una prensa de hierro.

Las manos le temblaban, traicionándola en los movimientos más pequeños.

El desconsuelo no tenía sonido, y aun así reverberaba por las cámaras huecas de su alma. Aun así, obligó quietud a su rostro, a su cuerpo.

Por el rabillo del ojo captó la mirada de Rut.

Mi-Ra no la devolvió.

Fijó la vista al frente, las pestañas secas, su silencio más estruendoso que cualquier lamento.

10

Rut reconoció ese dolor—era la misma herida hueca que se había abierto cuando su padre murió. Entonces se había escondido detrás de muros tan altos que nadie podía alcanzarla. De esas ruinas, el destino había deslizado a Juan en su vida. Un encuentro fortuito en el laberinto interminable de BabyTek había parecido menos coincidencia que providencia. Sus caminos fácilmente podían haberse perdido. En cambio, chocaron. Para Rut, era como si el universo hubiera detenido el reloj sólo lo suficiente para asegurarse de que se encontraran.

Juan la había anclado durante aquella primera tormenta. Su bondad era silenciosa, firme. Sabía cuándo guardar silencio y cuándo empujarla suavemente hacia adelante, un paso frágil a la vez. La compañía se convirtió en amor, y por primera vez en años, Rut creyó que podía volver a vivir. Pero casarse con Juan también había significado asumir a Mi-Ra—y Mi-Ra traía su propia tormenta.

Al principio, Rut se había reído del cliché del drama entre suegra y nuera. Pero no había nada gracioso en la desaprobación de Mi-Ra. Nunca era ruidosa; era quirúrgica. Rut la sentía en las cosas más pequeñas: cómo doblaba las servilletas, cómo acomodaba la despensa, las correcciones silenciosas que le hacían dudar incluso en su propia casa. A veces se preguntaba si Juan secretamente coincidía. Esa duda la llevó a terapia.

La terapia le dio palabras para nombrar lo que vivía: la diferencia entre retroalimentación y manipulación. Aprendió límites. Mi-Ra los probaba siempre, pero Rut finalmente encontró firmeza. Y una verdad se endureció: no necesitaba la aprobación de su suegra para estar completa.

Con los años, el enfoque cambió. Mi-Ra se desdibujó al fondo, reemplazada por un jefe tóxico, el dolor de la infertilidad, las fisuras finas en su matrimonio que herían más de lo que deberían. No eran discusiones—eran momentos silenciosos que la hacían preguntarse si era demasiado... o nunca suficiente.

Ahora Juan se había ido. Y la terapia se sentía como un salvavidas deshilachado. El duelo era demasiado vasto, demasiado total. Aun así, Rut abrió la laptop, mirando el resplandor hasta que la videollamada conectó. Su reflejo en la pantalla negra lucía hueco, espectral. Cuando apareció la sonrisa luminosa de su terapeuta, parecía casi alienígena—un fragmento de otro mundo irrumpiendo en el suyo.

—Hola —logró decir Rut, la voz frágil—. Gracias por verme tan de improviso.

—Por supuesto —respondió la terapeuta con calidez—. ¿Cómo estás procesando todo?

Rut se encogió de hombros, un gesto vacío.

—Siento como si me hubieran arrancado el corazón y mi vida estuviera patas arriba. ¿Qué te dice eso?

—Que es normal —respondió ella—. El duelo es una herida. No una que se ve, pero una que se siente. Algunas heridas nunca cierran del todo.

—No se siente normal —susurró Rut, mientras las lágrimas corrían.

Siguió un silencio suave, dándole espacio.

—¿Has salido de la casa? —preguntó al fin.

Rut pasó los dedos por su cabello enredado.

—¿Por qué? ¿Me puedes oler a través de la pantalla?

La terapeuta sonrió.

—No. Pero las sombras crecen cuando te quedas adentro demasiado tiempo.

—No he salido —admitió Rut—. No hay nada allá afuera que quiera.

—¿Y la escuela de posgrado? ¿Tu graduación no es pronto?

Rut volvió a encogerse de hombros.

—¿Juan habría querido que terminaras?

—Sí —respondió apenas audible—. Él no me habría dejado renunciar.

—Cumplir promesas puede dar propósito —dijo la terapeuta—. Puede convertir el duelo en movimiento.

Rut asintió levemente.

—Sí. Tal vez.

—¿Cómo está tu suegra?

Rut soltó un suspiro seco.

—Igual. Fría. Distante. Viviendo en su burbuja pulida.

—Sé que el apoyo es limitado —dijo la terapeuta—, pero el aislamiento profundiza el dolor.

Rut asintió, aunque las palabras apenas le rozaron la mente.

—Tu relación con Mi-Ra ha mejorado —añadió, revisando sus notas—. No la mencionas desde hace más de un año.

Rut parpadeó.

—¿No?

—No. Lo cual significa que algo ha cambiado.

Thanksgiving regresó en destellos irregulares—la pelea, aguda y cortante. El funeral, cuando se había colocado junto a Mi-Ra en el atril sin pensarlo. Todavía podía sentir el peso de ese instante: su mano extendida, los susurros apagados. Un año antes, quizá la habría dejado sola. Pero algo había cambiado. No perdón. Todavía no. Sólo una grieta en el muro.

—Supongo que tienes razón —dijo finalmente Rut.

—Quizá podrían apoyarse mutuamente —sugirió la terapeuta con suavidad—. Ambas perdieron a alguien que aman.

—No eres la primera en decírmelo —murmuró Rut.

—¿Eso es malo?

—No. Sólo... inesperado. Juan habría querido eso.

La terapeuta ladeó la cabeza.

—Entonces quizá deberías considerar quedarte con ella. Al menos hasta que te sientas más estable.

—¿Quedarme con ella? —Las palabras cayeron planas, pesadas.

—¿La idea te asusta?

Rut negó lentamente.

—No. Sólo... no creo que ella quiera que esté ahí.

—Tal vez sí, tal vez no —dijo la terapeuta, ecuánime—. Pero no hay daño en preguntar.

Rut se obligó a salir de la casa y avanzó por el día como si caminara en arenas movedizas. Los exámenes finales la separaban de la graduación, pero la meta parecía una burla cruel—una línea imposible difuminada por la neblina del duelo. No había vuelto al trabajo; la idea de luces fluorescentes y rostros educadamente inciertos le revolvía el estómago.

Aun así, fue a clase—porque Juan habría querido que terminara, porque le debía a la vida que habían construido verlo hasta el final, aunque cada día la vaciara un poco más.

Los compañeros le ofrecieron condolencias suaves y sonrisas torpes. Sus voces cargaban compasión incómoda, y aunque la sala estaba llena, Rut nunca se sintió más sola. Sus palabras amables ensanchaban la distancia; ninguno podía alcanzar lo que ella llevaba dentro. Había sido arrojada a la deriva y no sabía cómo regresar.

Un nudo creció en su garganta, el pecho estrechándose. Levantó la mano temblorosa antes de que alguien dijera algo más.

—Por favor —susurró—. Yo... no puedo hablar de eso.

Su voz tembló, pero las palabras se mantuvieron firmes.

Después de eso, nadie mencionó a Juan. Quizá la noticia se había regado; quizá el duelo no necesitaba traducción—de cualquier manera, el tema desapareció.

Rut se deslizó en la última fila del auditorio, intentando desvanecerse en la periferia. Rodeada por cientos, se sintió como una isla—visible, pero inalcanzable. Las lágrimas llegaban sin aviso: durante una clase tediosa, en un pasillo silencioso, cuando su mente la traicionaba y vagaba hacia la vida que había perdido. Parpadeaba para contenerlas, presionaba las palmas contra los muslos, respiraba profundo... y aun así regresaban. Siempre ganaban.

Notó las miradas discretas de los profesores—las dudas suaves cuando pedía permiso para salir, la paciencia silenciosa cuando regresaba con los ojos rojos. Para ella, esas miradas eran a la vez respeto por el límite que había pedido y una consolación dolorosamente insuficiente.

Su cuaderno yacía abierto, las páginas manchadas de tinta y sal. Los márgenes llenos de recordatorios—citas, números de seguros, cuentas—el registro duro de una vida reacomodada de la noche a la mañana. Un clip distorsionado sostenía el desorden, su agarre flojo y estirado más allá de lo que había sido diseñado para soportar.

Rut miró ese clip hasta que la visión se le nubló. Parecía pequeño y agotado en su mano—igual que ella:

No hecha para cargar tanto peso.

11

Los ojos de Rut recorrían la sala de estar, los dedos inquietos a sus costados. La casa se sentía menos como refugio y más como tumba: paredes cargadas de memoria, aire pesado de pena. Cada rincón zumbaba con ausencia, un silencio tan denso que costaba respirar.

El sillón se hundía en el centro, aún marcado por la leve huella de las noches en que Greg se desplomaba allí tras turnos interminables. Fotos familiares saturaban las paredes, sus sonrisas congeladas burlándose con la ilusión de permanencia. Incluso las tablas del piso gemían bajo sus pasos, no sólo por la edad, sino por el eco de pisadas que ella casi podía seguir escuchando.

Aquello no era un hogar. No ya. Era un santuario. Un lugar aferrado a lo que no quería soltar.

Un crujido seco rompió la quietud.

Rut dio un respingo, el corazón trepándole a la garganta. Gizmo gimió en sus brazos, temblando.

Las tuberías del baño. Las mismas que Juan había dicho que arreglaría.

El ruido se prolongó demasiado, demasiado áspero, torciéndose en algo más que simple fontanería defectuosa. Una burla. Un recordatorio cruel de tareas inconclusas, de una vida arrancada a mitad de frase. El zumbido rítmico del agua presionó en sus oídos como un fantasma—de deber, de presencia, de un amor cortado demasiado pronto.

Tragó con fuerza, encerrando el dolor. No podía desmoronarse ahora. No aquí. No otra vez.

Unas pisadas cortaron la quietud. Mi-Ra entró en la sala, la postura tensa, el rostro inescrutable, el cansancio marcado en cada línea.

—Sólo serán un par de semanas —dijo Rut, aclarando la voz.

—No necesito una niñera —siseó Mi-Ra, cortante y a la defensiva—. Y ciertamente no necesito que estés encima de mí.

—No intento ser tu niñera —respondió Rut con calma—. Mi terapeuta cree que debo capear la tormenta contigo.

La palabra *tormenta* se le atoró en la boca—demasiado simple, demasiado poética para algo tan devastador.

Mi-Ra bufó, rodando los ojos.

Rut creyó captar un destello de vacilación bajo el gesto, pero desapareció tan rápido como había aparecido.

—Estoy bien —dijo Mi-Ra. Su tono tenía más insistencia que convicción—. Además, ¿dónde dormirías siquiera?

—En el sillón —respondió Rut sin pensarlo. No podía sugerir la habitación extra—la antigua habitación de Juan, ahora colmada de trofeos y medallas de Toño, un museo deportivo congelado en el tiempo.

Mi-Ra cruzó los brazos, fulminándola con escepticismo marcado en cada línea dura de su postura. Pero Rut veía las grietas: platos apilados en el fregadero, polvo acumulándose en estantes antes impecables, correo sin abrir esparcido como deberes olvidados sobre la encimera. Señales de que Mi-Ra no estaba bien. Ni cerca.

—Juan habría querido esto —dijo Rut en voz baja. Se preparó para la resistencia; el orgullo y la pena eran volátiles, y Mi-Ra tenía ambos en exceso.

—Está bien —murmuró Mi-Ra, agitando la mano como espantando un insecto—. Pero no porque te necesite aquí.

Rut asintió, dejando que el golpe pasara de largo. No le importaba cómo lo enmarcara Mi-Ra. Lo que importaba era que estaba aquí. No por consuelo. No por reconciliación. No por amabilidad.

Hacía años había dejado de esperar calidez de Mi-Ra. Ese deseo se había asfixiado entre miradas afiladas y una cortesía tan delgada como papel. La aprobación era un fantasma que ya no perseguía.

No estaba aquí por paz.

Estaba aquí por Juan. Por amor. Por lealtad. Por lo que él había dejado atrás. Aunque eso significara soportar los bordes afilados de Mi-Ra, la pena cortándola como vidrio roto.

Sin decir más, Mi-Ra se dio la vuelta, sus pasos pesados sobre los tablones que gemían. Una puerta se cerró con un clic, dejando a Rut sola en el silencio rancio.

Se dirigió al sillón. Se hundió bajo su peso, gastado y disparejo, pero la comodidad no era la prioridad. Se envolvió con una manta. Sus fibras ásperas raspaban su piel—otro recordatorio de que nada en esa casa era suave ya.

Permaneció quieta en la penumbra, su mente orbitando la sonrisa ladeada de Juan, su risa, la calidez de una familia que creyó eterna. Cada recuerdo se afilaba hasta convertirse en punzada. Y la punzada se disolvía en silencio. Un silencio tan total que la vaciaba.

—El tiempo lo cura todo —susurró, el amargor quemándole la lengua. Las palabras se sentían como una mentira.

La muerte de su padre le había enseñado la verdad. El tiempo no curaba. Entumecía. Las heridas nunca desaparecían; simplemente dejaban de gritar. El tejido cicatricial se engrosaba, amortiguaba el dolor, pero debajo la herida seguía viva—lista para abrirse de nuevo al más leve toque.

Y el duelo exigía más que resistencia. Exigía movimiento. No sólo se lloraba a los muertos: se actuaba por ellos. Se llevaban sus deseos hacia adelante, incluso cuando nunca los habían dicho en voz alta. Te convertías en su eco.

Ya lo había hecho una vez. Ahora Juan se había ido. Y la única manera de honrarlo era ocuparse de lo que él había dejado.

Aunque lo que hubiera dejado fuera Mi-Ra.

12

Los platos de comida intacta se amontonaban en la mesa de noche, sus bordes ya doblándose, el vaso de agua junto a ellos aún lleno, aún esperando. Entre el desorden, un marco de plata desgastado se apoyaba contra una pila de correo sin abrir. Dentro, una foto de boda: una foto familiar capturada en una recepción aquella primavera, antes de que su mundo empezara a desmoronarse. En la foto, Mi-Ra posaba orgullosa junto a Greg, Juan y Toño, mientras Rut estaba en el baño. Era una instantánea de otro tiempo, un tiempo en que el mundo todavía tenía sentido, cuando la risa y la unión no eran reliquias de un pasado lejano.

Ella miraba la foto a menudo, sus ojos trazando los rostros familiares congelados en el tiempo. El cielo resplandecía en tonos brillantes de rosa y naranja, surcado por nubes lavanda, como si el día mismo hubiera decidido quedarse un poco más sólo para ellos. Estaban bajo un cenador blanco, su enrejado proyectando sombras delicadas sobre el piso, el lago extendiéndose detrás como una sábana de vidrio.

Greg se alzaba sobre ella, el brazo descansando despreocupadamente sobre su hombro, la sonrisa fácil como brisa de verano. Era el tipo de sonrisa capaz de iluminar un cuarto, de hacer que todo pareciera un poco menos pesado, un poco más posible. Toño estaba a su lado, levantando dos dedos en un gesto de paz juguetón, la cabeza echada hacia atrás en una carcajada tan genuina que casi parecía escucharse todavía en su mente. Podía oírla—cómo esa risa brotaba de su pecho, contagiosa y llena de vida. Y luego estaba Juan, de pie apenas un poco apartado, la copia al carbón de su padre en todo lo que importaba: ojos vivos, hombros anchos, confianza natural. Fingía estar molesto, brazos cruzados sobre el pecho, pero la sonrisa tironeando de las comisuras lo delataba.

La imagen era tan vívida, tan dolorosamente familiar, que dolía mirarla. Y aun así, no podía apartar la vista. Si miraba lo suficiente, quizá podría tender un puente sobre el abismo del tiempo, sacándolos de las sombras del recuerdo hacia el presente. Pero cuanto más miraba, más se apretaba el dolor en su pecho, un vacío hueco que devoraba el aire.

Repasó los rostros con los ojos hasta que el dolor en su pecho se tensó. Si miraba el tiempo suficiente quizá podría arrastrarlos de regreso al presente; en cambio, el dolor la vació por dentro, un lugar frío que le robaba el aliento.

—Jeong —susurró, el nombre sabiendo a bálsamo y sal—. Los extraño tanto.

Su voz raspó las paredes de la casa silenciosa.

Recordó Corea del Sur—cuando tenía dieciséis años, los muros de piedra del orfanato, las reglas que hacían de pertenecer algo frágil. Recordó a Greg: alto, con la piel quemada por el sol, sus manos ásperas por el trabajo pero suaves cuando enseñaba a los niños a construir barquitos de juguete. Recordó cómo su sonrisa había hecho que algo dentro de ella se aflojara. Él había prometido volver. Ella quiso creer esa promesa más que cualquier cosa.

Cuando cumplió dieciocho, él regresó. Todavía podía verlo bajando del taxi: mayor, quizá, pero con la misma sonrisa. La llevó a Houston. Aún podía sentir el pequeño vestido blanco del día de su boda, la forma en que el brazo de Greg había rodeado sus hombros. Esos eran los días que guardaba como aire cuando todo lo demás le había sido arrebatado.

Greg la había llevado a Houston, una ciudad bulliciosa que al principio la sobrecogió y fascinó a la vez. Para Mi-Ra, fue como entrar en una vida nueva: una vida donde ya no era huérfana, sino esposa, compañera y, eventualmente, madre.

Él había sido su guía, su roca, su refugio seguro. Y sus hijos, la prueba del amor que habían construido juntos.

Su mirada se deslizó hacia la esquina de la sala, hacia el sillón reclinable de Greg—ahora menos un asiento que un monumento. El cuero gastado conservaba la forma de su cuerpo, surcos moldeados por años de devoción, un hueco que susurraba presencia aún en su ausencia. Parecía como si acabara de levantarse, como si pudiera entrar por la puerta en cualquier momento. La vista le apretó el pecho hasta quemar, el duelo subiendo de nuevo como una marea empeñada en arrastrarla. Quiso apartar la mirada, huir del peso de aquello—pero el sillón la sujetó, exigiendo que mirara, arrastrándola más hondo al vacío en que se había convertido.

Su corazón dio un tropiezo.

Por un instante, lo vio.

La luz de la lámpara destacó las ondas de gris y negro en su cabello. Sus ojos—esos ojos firmes en los que ella había aprendido a apoyarse—buscaron los suyos. Alzó una mano como si la llamara. El aire a su alrededor tembló, de un modo que erizó la piel de Mi-Ra.

—Greg —exhaló, los dedos clavándose en el sillón para no caer. Sus uñas dejaron medias lunas de dolor; el escozor le confirmó que estaba despierta.

Él no habló. No hacía falta—su mirada tenía la misma calidez por la que ella había añorado. Se veía entero, sin rastro de enfermedad, el hombre de las fotos antiguas plegado de regreso a la habitación.

—Te extraño tanto —susurró, temiendo que el sonido lo deshiciera.

Avanzó, y la planta de sus pies tocó piso frío y húmedo. El agua se coló entre sus dedos. Se estremeció, pero no apartó la mirada. La imagen permaneció—débil, parpadeante, imposible, pero presente.

—No —jadeó, lanzándose hacia él. Su mano cerró el aire vacío donde debería haber estado su hombro.

—No te vayas —gritó, la voz quebrándose—. Por favor... no me dejes otra vez.

13

UN VACÍO DOLOROSO SE INSTALÓ en lo más hondo del pecho de Rut mientras se sentaba en la mesa del comedor de Mi-Ra, rodeada de sombras en una casa que ya no se sentía entera. El silencio no era solo quietud—era opresivo. Cada crujido de las tablas resonaba demasiado alto. Cada sombra se alargaba demasiado. Hasta el zumbido leve del refrigerador parecía cruel en su indiferencia—un recordatorio constante de que la vida seguía su marcha, ajena a las ruinas que dejaba atrás.

Mi-Ra se había encerrado en el cuarto de JJ desde su última conversación. Rut no la había vuelto a ver. Era como vivir con un fantasma—uno que ni hablaba ni se mostraba, que rondaba la casa con ausencia en vez de presencia.

Los pensamientos de Rut giraban en torno al vacío en el que parecía atrapada Mi-Ra.

No puedo ayudarla. Necesita terapia.

La idea mordía—tan simple, tan obvia, que casi parecía absurda. Siempre era la solución estándar, ¿no?

Debería hablar con alguien.

Palabras fáciles. Una indicación limpia. Normalmente dichas por personas que no tenían idea de lo que realmente significaban.

Pero Rut sí lo sabía.

La terapia no era magia. No era una pastilla que tragabas ni una oración susurrada a la oscuridad. Era trabajo—lento, desordenado, a veces brutal. ¿Y Mi-Ra? Mi-Ra era una fortaleza: muros altos, portones de hierro, filos afilados para cortar a cualquiera que intentara acercarse. Apenas había permitido que Rut se quedara bajo su techo. ¿La idea de desnudar su alma frente a un desconocido? Impensable.

Y aun así, el pensamiento se aferraba a Rut como una sombra. Porque Mi-Ra no solo estaba de luto—se estaba desvaneciendo. Pedazo a pedazo, día tras día. La mujer que antes dominaba un salón con su sola presencia, que cortaba el silencio con apenas levantar una ceja, ahora se movía como un espectro en su propio hogar.

Necesitaba ayuda. Más de la que Rut—que apenas lograba sostenerse bajo el mismo peso—podía darle. El amor de Rut era firme, pero no bastaba para detener la marea que arrastraba a Mi-Ra hacia el fondo.

Rut recordó las semanas previas a la muerte de Greg. Se habían preparado para ello—o al menos lo habían intentado—en las maneras torpes en que la gente se prepara cuando el tiempo es breve. En verdad, el duelo había comenzado mucho antes del final.

Para ella, el dolor llegó en susurros de ausencia. El tirón agudo en la respiración cuando pasaba frente a su silla vacía. La forma en que practicaba despedidas a solas, en la oscuridad, para no tropezar con ellas a plena luz del día. Cada sonrisa de Greg le había parecido frágil, ya escapándosele entre los dedos.

Juan lo cargó de otra manera.

Se enterró en listas y responsabilidades, su determinación tan firme que casi la engañó. Casi. Toño hizo lo contrario: su risa demasiado fuerte, su ruido llenando la casa como si el sonido por sí solo pudiera expulsar la pesadez. Cada uno afrontó el dolor a su manera: caótica, humana, imperfecta.

Pero Mi-Ra... ella nunca se quebró. Seguía moviéndose, siempre con las manos ocupadas: doblando ropa, cocinando, revisando las compras como si el duelo pudiera archivarse entre las tareas domésticas. Rut la observaba con atención, esperando un derrumbe, una lágrima. Nunca vio ninguna. Ni siquiera en el funeral.

—La mujer acaba de perder a su esposo —había susurrado Rut una vez, con urgencia, vulnerable—. No está comiendo. Parece que no ha dormido en días. Deberíamos buscarle consejería para el duelo.

Juan no levantó la vista. Cortaba su filete con precisión mecánica, el cuchillo raspando el plato de un modo que le hacía rechinar los dientes a Rut.

—Los coreanos no van a terapia —dijo sin emoción.

—Juan, hablo en serio. —Ella se inclinó, las manos aferrándose al borde de la mesa.

—Yo también. —Por fin la miró. Sus ojos eran duros, impenetrables. Su voz, seca y definitiva—. No vuelvas a mencionarlo.

Sus palabras cerraron la puerta de golpe. Rut buscó alguna suavidad en su rostro, alguna señal del hombre que había llorado en sus brazos tras la muerte de su padre. Pero no encontró nada—solo la mandíbula tensa, la respiración contenida, el muro.

Y así, la conversación terminó antes siquiera de comenzar.

Sentada ahora a la mesa, sola, Rut abrió su laptop. La pantalla iluminó su rostro mientras tecleaba: *coreano-estadounidenses y terapia*.

Los resultados inundaron la página: tabú, vergüenza, debilidad.

Artículo tras artículo decía lo mismo: la terapia no era sanación. Era deshonra. Una grieta en la imagen de la familia.

Esto es una locura, pensó Rut. ¿Cómo podía algo tan necesario descartarse con tanta facilidad?

Pero sabía que no valía la pena pelear contra creencias forjadas durante generaciones. Lo que necesitaba no era otro blog. Necesitaba a alguien que entendiera.

Su mente aterrizó en Jiyoon, una amiga de la universidad a quien todavía seguía en redes. Jiyoon compartía a menudo publicaciones sobre tradiciones coreanas. Si alguien podía ayudar, era ella.

Rut escribió rápido:

¡Hola, Jiyoon! Mucho tiempo—espero que estés bien :)

La respuesta llegó casi al instante:

¡Rut! Ay Dios, hola. Siento muchísimo lo de Juan. He querido escribirte. ¿Cómo estás aguantando?

La calidez la tomó desprevenida, aflojando un poco la presión en su pecho. Agradeció a Jiyoon y luego dudó, antes de formular la pregunta real:

Sólo me preguntaba qué opinas de la terapia. O... qué pensaría mi suegra sobre la terapia.

Nada.

La respuesta habitual, veloz, no aparecía. Los dedos de Rut se quedaron suspendidos, lista para retractarse. Entonces surgió la burbuja de escritura.

Ok, mira... la cosa es esta. ¿Terapia para coreanos mayores? SÚPER NO.

¿Pero por qué? escribió Rut.

La idea es que la terapia es para "gente loca". Y tener a alguien "loco" en la familia trae vergüenza para todos. Honestamente, yo ni lo mencionaría con ella. Es un tema muy sensible, especialmente para su generación.

Rut leyó el mensaje dos veces.

El corazón se le hundió. Había esperado otra respuesta, pero no estaba sorprendida.

Vergüenza.

La palabra resonó, amarga, dentro de su pecho. Aquello no era claridad—era un derrumbe.

Rut necesitaba a un experto. Alguien a quien Mi-Ra realmente pudiera escuchar. No ella. Jamás ella. Mi-Ra siempre había visto a través de sus intentos de consolarla, probaba el azúcar y lo escupía intacto.

Gracias por ser honesta, escribió Rut. *Me ayuda.*

Las palabras le supieron falsas incluso mientras las tecleaba, deshaciéndose como humo en cuanto aparecieron. Frágiles, insustanciales, desapareciendo al instante. Por dentro, Rut sentía el mismo peso, la misma impotencia acumulándose en su pecho.

No hay problema. Ánimo, respondió Jiyoon, agregando un emoji de corazón.

Y así, la verdad se asentó pesada sobre Rut: la terapia no era una opción. No ahora. Tal vez nunca. Si quería ayudar a Mi-Ra, tendría que encontrar otra manera.

14

Gregario había estado allí. Ya fuera un sueño, una alucinación o una ilusión nacida del duelo, no importaba. Para Mi-Ra, en esos momentos fugaces y frágiles, su presencia era innegable.

Su presencia la envolvía como una cobija gastada por los años, suave contra su piel, disipando el frío que se había asentado profundo en sus huesos. Aquello no era algo que su mente pudiera inventar sólo con recuerdos: lo sentía en la médula, en la forma en que el aire se espesaba, en el ligero cambio de sombras en los bordes del cuarto.

Gregario sabía. Tenía que saber. Su presencia allí no era casualidad—no podía serlo. Su mente, desesperada por encontrar sentido, insistía en ello. Le susurraba que su alma había cruzado la delgada barrera entre los vivos y los muertos, atraída por el vacío dentro de ella. Había venido porque ella lo necesitaba. O quizá porque su duelo exigía que fuera así.

Por un instante, la casa pareció estremecerse. El aire se templó. El silencio se suavizó. Su pecho se aflojó y, por primera vez en semanas, respiró sin dolor.

Luego se deshizo—desvaneciéndose como neblina al amanecer. Sin embargo, su corazón se aferró a los fragmentos: la curva de su sonrisa, el leve giro de su cabeza, la sutil elevación de su mano al alcanzarla. El calor persistió, filtrándose en las cámaras huecas de su dolor, un abrazo que no sabía que ansiaba.

Ahora cada movimiento se sentía como penitencia. Cada inhalación, un castigo. En el silencio que presionaba contra las paredes, su corazón retumbaba—lento, pesado, implacable. Prueba de que su cuerpo seguía aquí incluso cuando su alma oscilaba al borde del colapso.

Su mirada regresó al reclinable de Gregario, la tela hundida donde antes se asentaba su peso, el cojín todavía marcado por el fantasma de él. Lo observó conteniendo el aliento, como si pudiera llamarlo de vuelta a ese hueco. Si el duelo lo había convocado una vez, quizá podría hacerlo de nuevo.

Pero la silla permaneció vacía. Inmóvil. Atenta.

El susurro de Mi-Ra quebró el silencio, afilado de anhelo.

—Por favor, Gregario. Ven a mí una vez más.

Las palabras quedaron suspendidas en el aire, sin respuesta.

Entonces llegó—un llanto...

Suave. Lúgubre. Distinto.

El sonido era demasiado cortante, demasiado crudo, arañando el aire de una forma que heló su sangre. No eran los sollozos apagados que antes había escuchado tras las paredes, sino algo más hondo, fracturado, como arrancado del centro de un alma partiéndose.

Y luego—silencio.

Abrupto. Antinatural.

Los sollozos se cortaron como si la casa misma los hubiese devorado. La quietud se volvió un peso, opresiva, tan densa que zumbaba en sus oídos.

La temperatura cambió. El aire se volvió húmedo, el frío arrastrándose sobre su piel, deslizándose bajo su ropa.

Y entonces lo vio otra vez.

Gregario.

De pie junto a su cama, su figura delineada por la luz de la luna. Su mano extendida, sus ojos desbordados de calidez.

El corazón de Mi-Ra titubeó, desgarrado entre la dicha y la incredulidad. *¿Es real? ¿Es un sueño?*

Antes de poder detenerse, se incorporó, atraída hacia él, las manos temblorosas.

—Gregario —susurró, la voz quebrándose—. Te extraño tanto.

Sus dedos se cerraron sobre el aire, pero de él emanaba un calor que descongelaba el frío dentro de ella.

No habló. No lo necesitaba: su mirada era la misma ternura que ella había añorado. Permaneció allí, mano extendida, como si quisiese recordarle que seguía con ella, aunque no pudiera tocarlo.

Lágrimas resbalaron por sus mejillas.

—Estoy tan perdida sin ti —sollozó—. Estoy intentando... sólo que no sé cómo seguir adelante.

Cerró los ojos, aferrándose al frágil capullo de su presencia. Cuando los abrió, la luz de la luna delineaba sus rasgos—demasiado quietos, demasiado inmóviles, como suspendidos entre dos mundos.

Retrocedió un paso, el aliento atrapado, desesperada por memorizar cada detalle. Parecía sólido—tan imposiblemente sólido—pero el brillo lunar sobre su ropa empapada la inquietó.

Gotas descendían por sus mangas, golpeando el piso con pequeños y deliberados *tac*.

Bajó la mirada.

Agua se acumulaba a sus pies, negra en la penumbra.

Otra gota resonó, más aguda esta vez, como agua golpeando madera.

Su ropa se le pegaba al cuerpo, empapada, goteando como si acabara de salir del lago. Cada gota caía con el peso de un tic-tac, marcando una cuenta regresiva.

—¿Gregario? ¿Qué es esto? —su murmullo temblaba en el aire.

Sus ojos se movieron. Ella siguió su mirada hacia la puerta cuando él avanzó hacia ella. No volteó. No vaciló.

Compelida, Mi-Ra lo siguió. Sus pies descalzos toparon con las gotas que él dejaba atrás, cada paso dentro de un rastro helado que marcaba su camino. El piso se volvió resbaloso, como si su ausencia ya estuviera inundando la casa, arrastrándola con él.

El pasillo se abría frente a ella—oscuro, interminable. Una rendija de luz se filtraba bajo la puerta del baño, pálida e inestable. Con los pies fríos sobre las tablas, avanzó, atada por algo invisible, atraída más profundo hacia la oscuridad.

Su voz brotó en un susurro, rasgada y suplicante.

—¿A dónde me llevas?

No hubo respuesta. No hacía falta.

Él atravesó la puerta del baño sin rozarla, su forma deslizándose a través de la madera como si no existiera.

La mano de Mi-Ra encontró la perilla—fría, sólida. La empujó y entró.

—¿Gregario?

Su voz se quebró mientras giraba, recorriendo el pequeño cuarto con la mirada. Dio una vuelta completa—observando el lavabo, la cortina de la regadera, las esquinas donde se acumulaban sombras.

Gregario había desaparecido.

En su lugar, la recibió un sonido: un llanto bajo, lastimero, suave como una canción de cuna, sereno en su desesperación. Se deslizaba por el cuarto, enredándose en ella como manos invisibles, atrayéndola hacia la tina.

Subió a la tina y giró la llave. El grifo cobró vida con un siseo, escupiendo y borboteando mientras el agua subía, envolviendo sus tobillos con un calor engañoso. Su camisón se oscureció, pegándose a sus piernas como una segunda piel. La tela se volvió pesada, tirando de ella con cada respiración superficial, como si el agua misma no quisiera soltarla.

El llanto se espesó—reverberando en los azulejos, vibrando en las tuberías, elevándose junto con el agua que trepaba cada vez más alto. Ya no era sólo sonido. Era presencia. Una canción de cuna tejiéndose en su pecho, alineando su pulso al compás de su pena.

El vapor nubló el cuarto, empañando el espejo y cubriendo sus lentes hasta borrar el mundo. Sus ojos permanecieron abiertos, grandes y vacíos, fijos en la nada—como si la tristeza la hubiera vaciado y ahora la estuviera llenando de nuevo, centímetro a centímetro.

El mundo se plegó sobre sí mismo mientras el agua subía, rozándole el mentón, deslizándose sobre sus labios, su nariz.

Silencio—espeso, presurizado—presionó contra sus oídos, su pecho, su cráneo, hasta que ya no supo si el retumbar que oía era el agua o su corazón cediendo.

Y entonces llegó:

Un llanto filtrándose a través de la negrura, deformado e inhumano. Ya no melancólico, sino voraz—una canción de cuna retorcida en un aullido que arañaba sus huesos.

Llamándola más profundo...

Más profundo...

15

Un golpe seco desgarró el silencio, arrancando a Rut de un sueño inquieto. Su corazón dio un salto antes de que su mente lograra alcanzarlo, aún atrapada en fragmentos de sueños que se desvanecían demasiado rápido para atrapar. Permaneció rígida, el aliento encerrado en su pecho, luchando contra la confusión que la envolvía.

Había escuchado esos quejidos metálicos antes—los golpes repentinos, los traqueteos huecos—y cada vez se repetía que no eran nada. Sin embargo, por más veces que regresaran, nunca lograba acostumbrarse.

Exhalando con dificultad, obligó a su cuerpo a calmarse y giró la cabeza hacia el reloj en la mesa lateral. Su resplandor sangraba en la oscuridad.

La 12 de la mañana.

La voz de su abuela se deslizó en su mente como humo, involuntaria:

La hora de las brujas es cuando La Llorona sale. Cuando el velo entre vivos y muertos se adelgaza. Cuando el cansancio es tan profundo y el sueño tan ligero que la mente empieza a soltarse.

La Llorona. La mujer que llora.

Esa historia había marcado su infancia, no como cuento, sino como advertencia.

Ella recorre los ríos buscando a sus hijos... Si ve tus lágrimas, te llevará con ella.

Rut se frotó la cara con fuerza, como si pudiera borrar el miedo junto con la fatiga que le pesaba en los ojos. Ya no era una niña; sabía que los fantasmas no existían. Y La Llorona—fuera lo que fuera—pertenecía a historias contadas para asustar a los niños obedientes. Sin embargo, la inquietud se aferraba a ella, terca, aguda como una astilla bajo la piel, un presentimiento que no lograba sacudirse por más que intentara razonarlo.

Sólo son las tuberías.

Pero el momento—la hora de las brujas—la carcomía. Y Mi-Ra no solía levantarse por la noche.

Debería revisarla, pensó Rut.

La voz de su abuela volvió a susurrar:

La Llorona busca a quienes están despiertos a deshoras.

Apartando el pensamiento con brusquedad, Rut bajó las piernas del sofá. La madera fría recibió sus pies cuando se incorporó.

El pasillo se extendía frente a ella, espeso de silencio.

Avanzó hasta la puerta de Mi-Ra. Tocó suavemente.

—¿Mi-Ra? ¿Estás bien?

La puerta estaba entreabierta, una rendija de luz derramándose sobre el pasillo. Rut la empujó.

Vacío.

Se dirigió al baño. Adentro, el agua siseaba con fuerza, constante.

—¿Mi-Ra? —llamó, golpeando ligeramente la puerta.

Nada.

Su mano encontró la perilla.

No giró.

Tocó otra vez, más fuerte.

—¡Mi-Ra!

El silencio devolvió la llamada. Sin salpicaduras. Sin respiración. Sólo el flujo incesante del grifo—demasiado constante, demasiado deliberado.

El vello de los brazos se le erizó.

Algo estaba mal. De un modo que su cuerpo detectó antes de que su mente pudiera nombrarlo.

Una opresión le llenó el estómago, el presentimiento apretándose con cada segundo. El ruido del agua debería haber sido inofensivo, olvidable... pero ahora rugía en sus oídos, inundando el pasillo como una alarma que sólo ella podía oír.

Su palma se aplanó sobre la madera. La superficie fría palpitó, apenas, bajo su toque, como si la casa misma contuviera el aliento.

Buscó con la mirada hasta que encontró el pequeño agujero en la perilla.

Un seguro de emergencia.

Corrió a la mesa del comedor, tomó un clip y volvió de prisa. Se arrodilló y forcejeó con la cerradura, las manos temblando tanto que el alambre se dobló. Lo enderezó con torpeza y volvió a intentarlo, una y otra vez, hasta que por fin—

Empujó la puerta.

Vapor salió en una oleada, pegándose a sus piernas. El espejo estaba cubierto de condensación, las gotas resbalando como lágrimas.

—¿Mi-Ra? —dijo Rut, entrando.

El agua helada empapó sus calcetines, colándose entre sus dedos. Corrió la cortina.

La tina estaba frente a ella como una tumba abierta, el agua ondulando. Mi-Ra flotaba allí, el rostro pálido vuelto hacia arriba, los ojos abiertos y vidriosos.

—¡Mi-Ra!

Rut gritó al lanzarse hacia adelante, sacando el peso muerto de la tina.

Las baldosas golpearon sus rodillas mientras tendía a Mi-Ra en el suelo, sus manos buscando cuello, mejilla, pecho.

Nada.

El pecho de Rut se contrajo, pero el instinto tomó el mando. Inclinó la cabeza de Mi-Ra, unió sus labios a los de ella, insufló aire en sus pulmones. Luego compresiones—contando entre dientes, la voz temblorosa.

—Vamos, Mi-Ra. Por favor.

Los segundos se estiraron. Sus brazos ardían. Siguió, sin detenerse, hasta que—

Un jadeo entrecortado.

Mi-Ra se convulsionó, expulsando agua. Rut la giró de lado, golpeando suavemente su espalda.

—¿Mi-Ra? ¿Me escuchas?

Más toses. Los ojos de Mi-Ra se entreabrieron, sin enfoque.

—Rut... —susurró.

—Estás bien —murmuró Rut, envolviéndola en una toalla, sus dedos temblando mientras buscaba su teléfono.

—No puedes ayudarme —musitó Mi-Ra, la voz delgada, la mirada perdida—. Hubiera sido mejor... para las dos.

—No te toca decidir eso —soltó Rut, la desesperación agrietando su voz—. Ni por mí. Ni por Juan. Ni por nadie.

Mi-Ra no respondió. Su mirada pasó a través de ella, vacía.

—No tienes por qué hacer esto sola —insistió Rut, más suave—. Pero tienes que dejar que te ayude.

Las manos de Mi-Ra se cerraron en su regazo, las uñas clavándose en la tela empapada.

—No lo merezco —susurró.

Rut tomó su rostro entre las manos, obligando a su voz a ser firme.

—Mírame.

Sus ojos se encontraron. Rut vio el agotamiento grabado en el rostro de Mi-Ra—las mejillas hundidas, las ojeras profundas, la mirada vacía de alguien quebrándose bajo su duelo.

—Juan te amaba con todo lo que era —dijo Rut, con certeza—. Eso significa que mereces mi ayuda. Y más.

El silencio se espesó entre ambas.

Rut se inclinó, buscando cualquier chispa en su semblante.

Su aliento se trabó cuando un reflejo apareció en los ojos vidriosos de Mi-Ra—una silueta, un hombre. La caída de los hombros, la inclinación de la cabeza—familiar, dolorosamente familiar. Por un instante, el mundo se redujo a ese destello en la mirada de su suegra, como si el vidrio de sus ojos se hubiera vuelto un umbral.

Rut se congeló, el pulso acelerado.

Se giró, preparada.

Nada. Sólo aire vacío.

Cuando volvió a mirar, la expresión de Mi-Ra había cambiado—serena, inquietante.

—¿Lo viste? —preguntó Mi-Ra.

Rut tragó saliva.

—¿A quién se supone que vi?

—A Gregario —susurró Mi-Ra. Sus labios temblaron. Su mirada permaneció fija—. Me está llamando.

16

La sirena de la ambulancia se desvaneció en la noche, tragada por el silencio que sigue al caos. Dentro de la casa, los paramédicos se movían con una eficiencia sombría—voces bajas, manos expertas, cada movimiento exacto y contenido. Rut permanecía cerca, sin estorbar, las palmas blancas de tanto apretarlas, el corazón aún golpeando fuerte, el pánico atorado detrás de las costillas.

—La saqué de la tina —dijo Rut, con la voz raspada.

—¿Cuánto tiempo estuvo bajo el agua? —preguntó el paramédico, arrodillado junto a Mi-Ra.

—N-no lo sé. —La confesión le pesó como una piedra en la garganta. La culpa se le cerró en el pecho.

El paramédico iluminó los ojos de Mi-Ra con una lámpara.

—Señora, ¿sabe dónde está?

—En casa —susurró Mi-Ra.

—¿Recuerda lo que pasó?

—Estaba... soñando. Soñé que estaba en el baño.

—¿Intentó hacerse daño?

—Por supuesto que no —soltó Mi-Ra, filosa como un pedernal—. Debí haber estado sonámbula.

—¿Está pensando en hacerse daño ahora?

Mi-Ra rodó los ojos, el gesto más testarudo que tranquilizador.

—¿Se siente segura? —insistió él.

—Sí, carajo. Y cansada. ¿Puedo irme a la cama ya?

Rut no se movió mientras él tomaba signos vitales—pulso, respiración, respuesta—cada pitido, cada toque, un pequeño dictamen. Su voz salió delgada.

—¿Cómo está?

—Estable —respondió el paramédico—. Signos normales. Alerta. —Le lanzó una mirada a Rut, y la línea dura de su boca se suavizó—. Le salvó la vida esta noche.

El alivio golpeó a Rut—y de inmediato ardió en furia.

—Estaba completamente vestida. Con la cabeza sumergida —su voz se quebró, frágil, cargada de incredulidad, el miedo transformándose en rabia—. ¿De verdad cree que se metió sonámbula a la tina?

No bajó la voz. Quería que todos la escucharan—los paramédicos, Mi-Ra, cualquiera al alcance. Alguien tenía que dejar de fingir que todo estaba bien. Alguien tenía que decirlo en voz alta.

—Es raro —admitió el paramédico—. Pero la gente puede actuar sus sueños. Especialmente bajo estrés extremo.

—Su esposo murió este año —interrumpió Rut, bajando la cabeza—. Y yo acabo de perder al mío. A su hijo.

El paramédico vaciló, luego asintió.

—Eso podría provocar algo así.

—¿No puede obligarla a ver a alguien? ¿A hablar con alguien?

Su mirada salió disparada hacia Mi-Ra antes de responder.

—Entiendo su preocupación, pero ella insiste en que fue un accidente. Físicamente está estable. Legalmente... no podemos forzar un tratamiento.

La frustración hirvió en el pecho de Rut, ardiente. Su mirada lo atravesó.

—¡Me dijo que vio a su esposo muerto ahí adentro! ¿Eso le parece normal? ¿Eso le parece alguien que no necesita ayuda?

—Señora —dijo el paramédico, con tono medido—, el duelo no siempre respeta las reglas de los vivos.

—¿Perdón? —La voz de Rut se elevó, sus manos cerrándose en puños—. ¿Me está diciendo que cree eso? ¿Que realmente lo vio?

—No digo que yo lo crea —respondió él—. Pero el duelo hace cosas extrañas. Puede manifestarse de maneras que se sienten muy reales. Ver a alguien que se ha perdido no es raro. No es necesariamente señal de enfermedad mental.

Rut negó con la cabeza, el nudo en su pecho apretándose.

—Esto no es solo duelo —dijo—. Ella necesita ayuda, y usted me está diciendo que no puede hacer nada.

El paramédico suspiró, mirando hacia Mi-Ra, que seguía en el sofá—pálida, rígida, con la expresión de piedra.

—Sé que es frustrante —dijo, bajando la voz—. Pero mientras ella niegue querer hacerse daño, y mientras no represente peligro para otros, nuestras manos están atadas. Ella tiene derecho a rechazar tratamiento.

—¡Ella sí es un peligro para sí misma! —estalló Rut, la voz rompiéndose—. ¡La encontré en la tina! Estuvo a punto de... —Las palabras se atoraron, afiladas, demasiado frescas para terminar.

—Ella dice que fue un accidente —repitió él, con una suavidad injusta—. Y sin evidencia de lo contrario, debemos creerle.

Una risa amarga le desgarró la garganta.

—¿Así que simplemente se van? ¿Y esperamos al siguiente "accidente"? ¿Esa es su solución?

—Sé que no es ideal —admitió. Evitó sus ojos—. Lo mejor que puede hacer es animarla. Hablar con ella. Recordarle que no está sola. A veces... —dio una pausa, como si dudara—. A veces eso basta.

Rut miró a Mi-Ra otra vez, el pecho subiendo y bajando entre la ira y la desesperación. Mi-Ra no se movió, no habló, la mirada clavada en un punto distante, como si ni siquiera estuviera presente.

—Ella no escucha —murmuró Rut—. No me deja ayudarla.

—Siga intentando —dijo él con firmeza—. A veces toma tiempo. Pero no se rinda. —Le extendió una tarjeta—. Recursos—líneas de apoyo, grupos. Un buen inicio cuando ella quiera hablar.

Rut tomó la tarjeta sin verla realmente. Sus ojos permanecieron clavados en Mi-Ra, que parecía tan pequeña, tan frágil... y tan inalcanzable.

—¿Ya acabaron? —preguntó Mi-Ra.

—Sí, señora. Puede descansar —dijo el paramédico. Pero ella ya se había levantado, alejándose antes de que terminara la frase.

El equipo empezó a empacar, el sonido de cierres rompiendo el silencio.

—Si algo cambia, o si decide ir al hospital, llámenos —añadió él.

Rut asintió sin hablar, cerrando la puerta tras ellos.

Regresó al sofá, pero no pudo sentarse. Los cojines se sentían ajenos—demasiado suaves, demasiado indulgentes—como una trampa lista para tragarla. Sus pensamientos se desbordaron, inquietos.

¿Y si lo intenta otra vez? ¿Y si la próxima vez no llego a tiempo?

Rut se puso de pie de golpe, sus pasos resonando hacia la cocina—rápidos, tensos, como si fuera a desmoronarse si se detenía. Abrió la despensa de un jalón, cada movimiento agudo, deliberado. Bolsas de basura. Tomó una.

Los cajones se abrieron bajo sus manos. Cuchillos. Tijeras. Cualquier filo. Uno por uno cayeron dentro de la bolsa, cada sonido metálico demasiado fuerte, demasiado definitivo en el silencio sofocante. Se movía como una mujer poseída, perseguida por todo lo que podría venir. Cada ruido le raspaba los nervios, pero no podía—no iba a—detenerse.

Luego: productos de limpieza. Cloro. Amoniaco. Limpiador del horno. Todo al fondo de la bolsa. Tal vez Mi-Ra no pensaría en ellos, pero Rut no iba a arriesgarse.

El baño era un campo minado. Rasuradoras, frascos de medicina, hasta el jabón de vidrio desaparecieron en la bolsa.

Lavandería. Detergente. Suavizante. Quitamanchas. Todo fuera.

Garage. Pesticidas. Herbicidas. Trampas para hormigas. Cualquier cosa tóxica, cualquier tentación. Al montón.

Cuando arrastró la bolsa afuera, pesaba tanto que casi se rompía. La amarró con fuerza y la lanzó al contenedor, empujándolo hasta la banqueta con movimientos bruscos, mecánicos.

LA LLORONA: EL DESPERTAR

El aire nocturno era afilado, pero no lo sintió. Había hecho todo lo posible—por ahora. Cada hoja. Cada botella. Cada amenaza, eliminada.

Y aun así, el peso seguía allí.

El sueño nunca llegó.

Su cuerpo se acurrucó en el sofá, pero su mente se negó a descansar—reproduciendo el clip, la cerradura, la espera muda por un latido que casi no volvió. Un segundo más tarde, y habría sido demasiado tarde.

Se incorporó con esfuerzo, los cojines soltándola con un suspiro cansado. Metió la mano en su bolsillo—sus dedos rodearon el clip. Su frío la ancló—prueba de que seguía despierta, de que seguía cargando con el peso de la noche. Un salvavidas. Frágil.

Se levantó, las piernas inestables, y caminó por el pasillo. En el baño probó la cerradura otra vez—deslizando el metal, ahora firme, preciso. Cada giro cedió, obediente, hasta que la cerradura se rindió una y otra vez. La confianza estabilizó el temblor en sus manos.

Después cruzó hacia la puerta de Mi-Ra. Con cuidado deliberado, insertó el clip en el marco, encajándolo en su sitio.

Su centinela. Su última defensa.

No contra Mi-Ra.

Contra lo que la esperaba al otro lado del duelo.

17

El sueño tiraba de ella como una marea, arrastrándola hacia un remolino oscuro. El cuerpo de Rut se aflojó, la mente derivando, tambaleándose al borde del abandono... cuando ocurrió.

Un peso. Pesado. Aplastante. Hundido sobre su pecho como una yegua nocturna acomodándose para el viaje. Sus pulmones lucharon, desesperados por aire. El pánico detonó dentro de ella. Quiso mover el cuerpo, sacudirlo, escapar a manotazos, pero nada respondía. Brazos y piernas se volvieron piedra. Sólo su mente gritaba.

Entonces llegó el sonido—bajo, gutural.

Gizmo.

El gruñido del perro vibró en el silencio, agudo y vivo, tirando de ella con urgencia. Escuchó cada ronca exhalación, cada chasquido de respiración entre gruñidos. Una advertencia.

Está tratando de despertarme.

Pero por más que lo intentaba, no podía moverse.

Sus ojos permanecieron atrapados en la prisión del cuerpo inmóvil, escuchando mientras Gizmo gruñía más fuerte, sus uñas repicando contra el suelo al cambiar de posición, las orejas tensas hacia algo invisible en el pasillo.

Una vibración sacudió el espacio bajo su almohada, atronadora dentro de la parálisis. Su teléfono. El sobresalto la atravesó como un rayo, arrancándola de sí misma. Jadeó, tragando aire como una mujer que emerge de golpe a la superficie. Con manos temblorosas, sacó el teléfono. La pantalla ardió en la oscuridad. Contestó, la voz cortante, urgente.

—¿Hola? Sí. ¿Alguna novedad?

Una pausa demasiado larga.

—Tenemos a una persona de interés —dijo por fin. Su voz era calmada, pero con un borde opaco—. Está bajo custodia.

Un hilo de alivio surgió... y se detuvo en seco cuando el tono de él oscureció.

—Pero no tenemos mucho con qué trabajar.

El piso pareció inclinarse bajo sus pies.

—¿Qué significa eso?

—Lo detuvimos durante un allanamiento. Gorro negro. Gabardina. Coincide con la descripción del caso de su esposo.

El estómago de Rut se contrajo.

—Eso no basta para acusarlo, ¿verdad?

—No. Pero es un comienzo.

No se sentía como un comienzo. Se sentía como una trampa abriéndose bajo ella.

La llamada terminó.

Rut hundió el rostro en la almohada y gritó—crudo, ahogado, un sonido que le raspó la garganta hasta quemarla. No era solo el dolor lo que impulsaba el grito, sino la furia, la clase de rabia que nace cuando tienes las manos atadas y el mundo no te deja pelear.

Quería justicia para Juan. Quería desgarrar el silencio que rodeaba su muerte. Pero no podía hacer nada. No había pistas. No había respuestas. Sólo ese dolor que mordía sin tregua.

Cuando el grito finalmente se consumió, Rut se desplomó en un temblor, el pecho hueco como si hubiera sido vaciado. El cuarto cayó otra vez en quietud, pero por dentro la tormenta seguía encendida. No podía perseguir al asesino de Juan. No podía obligar a la verdad a salir. Pero tampoco podía quedarse quieta.

La energía necesitaba un sitio adonde ir. La furia, el dolor, la necesidad urgida de hacer algo.

Tengo que hacer algo. Si no por Juan, por Mi-Ra.

Acercó la laptop, el calor contra sus piernas dándole un punto de anclaje. Sus dedos temblaron sobre el teclado, luego comenzaron a escribir: datos sobre suicidios.

Los números inundaron la pantalla, fríos y clínicos:

49,000 muertes por suicidio en EE. UU. en 2022.

Una cada once minutos.

13.2 millones lo consideraron.

3.8 millones hicieron un plan.

1.6 millones lo intentaron.

Estadísticas como cuchillas. Detrás de cada dígito, un alma.

Deslizó más rápido, buscando un hilo, cualquier cosa útil. Hasta que una línea la detuvo:

A pesar de los avances tecnológicos, la prevención del suicidio ha mostrado muy poca mejoría a través de los años.

El golpe fue visceral. Billones invertidos en avances. Medicina. Comercio. Riqueza. Y aún así—nada aquí. Nada donde más importaba. La ironía cruel le mordió el pecho.

Otra línea:

Restringir el acceso a los métodos comunes reduce las tasas de suicidio.

Eso sí podía usarlo. Sus labios se movieron antes de darse cuenta, las palabras emergiendo como un voto imposible de contener:

—Si la tecnología no existe, yo la voy a construir. La voy a construir. Sólo necesito averiguar por dónde empezar.

Repasó la lista en voz baja, grave:

—Métodos más comunes: armas de fuego, asfixia, envenenamiento. —Tensó la boca—. Esto es Texas. Las armas son más comunes que las alarmas de casa.

Pero Mi-Ra... no. Rut lo sabía en los huesos. Ese no era su método. Esos datos no encajaban.

Frotó las sienes, la frustración ardiendo.

¿Qué estoy pasando por alto?

La respuesta estaba allí—sepultada entre la información. Recordó algo de años atrás: Carla, una ingeniera de su equipo, embarazada y aterrada por una mancha de calcio en un ultrasonido. Que hasta que una enfermera filipina le explicó que era algo común en fetos filipinos, sin consecuencia. Un simple matiz cultural había transformado el miedo en calma.

Eso es, pensó. *Estos son datos de EE. UU. Estoy mirando en la dirección equivocada.*

Mi-Ra nació y creció en Corea. Y la cultura moldea el comportamiento. No abstracto. Personal.

El pulso se le aceleró mientras escribía: estadísticas de suicidio en Corea del Sur.

Los resultados la helaron:

Horas pico para intentos: de las 8 de la noche. a medianoche.

Las mujeres tienen el doble de probabilidad de intentarlo.

Método más letal: asfixia/ahogamiento.

—*Ahogamiento* —susurró, la palabra espesa en su lengua.

Sus ojos se detuvieron en un término desconocido: restricción de métodos. Dio clic.

La nueva página era simple, clínica, pero cada línea pesaba:

La restricción de métodos limita el acceso a los medios más letales de suicidio para reducir muertes. No elimina la ideación, pero puede disminuir significativamente la fatalidad al crear un momento de interrupción.

Ejemplos:

Vallas en puentes altos.

Eliminación de gases tóxicos en aparatos domésticos.

Restricción de pesticidas.

Leyes para asegurar armas.

Límites de recetas.

Miles de vidas salvadas, no eliminando el dolor, sino interrumpiendo el impulso. Un respiro. Una barrera. Un instante—entre el pensamiento y la acción.

El pulso le retumbó, no por pánico ahora, sino por claridad.

Esto no se trataba de curar la desesperación. Se trataba de comprar tiempo. De crear topes en la espiral. De frenar a Mi-Ra por un solo respiro. Un respiro. Una oportunidad.

Rut se inclinó hacia la pantalla, la resolución endureciéndose.

No sólo estaba conteniendo la línea.

Estaba *ingenierizando contra la muerte misma*.

Porque esto no era una tormenta.

Era un huracán—y ella lo sabía. Creció en Houston. Sabía cómo prepararse:

Tapiar ventanas antes de que aúlle el viento.

Refuerza las paredes más débiles.

Guarda cada vela.

Cada batería.

Sella grietas con costales de arena.

Fortalece los cimientos.

Y espera en la oscuridad el golpe inevitable.

18

El teléfono de Pablo lo sacudió del sueño, vibrando contra el buró como una alarma que él no había programado. La casa seguía quieta, envuelta en el silencio previo al amanecer. A su lado, su hija dormía acurrucada, la respiración suave, frágil. Él deslizó el teléfono hacia su oído, protegiéndola con el brazo. Las llamadas a esa hora siempre cargaban peso—y rara vez traían buenas noticias.

—¿Hola? —su voz salió baja, áspera.

—Pablo, soy Rut. Sé que es temprano, pero esto es importante.

Las llamadas nocturnas como esa casi siempre significaban una cosa: falla en el sistema. De las que no podían esperar a la mañana. Cuando las alarmas explotaban, los tableros se encendían en rojo y los ingenieros novatos se paralizaban, siempre llamaban a él. Pablo era quien estabilizaba el choque, quien sabía detener la hemorragia cuando cada segundo contaba.

Su mano se lanzó hacia su teléfono del trabajo sobre el buró. Oscuro. Sin alertas. Sin vibración. Nada.

Miró la pantalla iluminada de su teléfono personal.

Rut.

Deslizó para contestar, la voz ya cambiando al modo de crisis.

—No recibí ninguna noti...

—Esto no es del trabajo —lo interrumpió Rut, su voz aguda, cortada.

Pablo se quedó inmóvil, las palabras muriendo en su garganta. Agachó la cabeza, frotándose el puente de la nariz.

—Claro que no —murmuró rápido—. Lo siento.

Tragó con dificultad, la culpa enroscándose en su voz. Rut ni siquiera había regresado al trabajo todavía. Seguía sumida en el duelo, la pérdida, el derrumbe. Y él... él había asumido que era otra caída de sistemas.

—Necesito que aceptes tu oferta de ayuda.

El sueño se evaporó. Se incorporó.

—Claro. Lo que necesites.

—Es mi suegra. Intentó... hacerse daño. Y no puedo permitir que vuelva a pasar.

Él se tensó.

—¿Quieres que ayude a tu suegra?

—Sé que hemos tenido nuestras diferencias —dijo Rut rápido—. Pero no puedo quedarme con los brazos cruzados. No esta vez.

—Si necesita ese tipo de ayuda, ¿no crees que un profesional...?

—Ella lo rechaza. Todo. Hasta mi ayuda.

Pablo se frotó los ojos, tratando de procesarlo.

—Entonces... ¿cómo se supone que yo ayude?

—Necesito tu ayuda para construir algo. Salvaguardas. Fuera del horario. Nadie más involucrado.

Él abrió la boca para responder, pero Rut continuó.

—Piénsalo como una oportunidad. ¿Cuántas veces has dicho que BabyTEK limita tu creatividad? Que los ejecutivos te tratan como engrane mientras ignoran lo que la tecnología realmente puede hacer. ¿Cuántas veces te has quejado de los talking heads?

La mandíbula de Pablo se apretó. *Los talking heads.* Siempre ruidosos, siempre equivocados. Obsesionados con palabras de moda, ciegos a las consecuencias. Un carrusel de opiniones inútiles disfrazadas de visión.

La voz de Rut cortó sus pensamientos.

—Sé que te pido mucho—tu trabajo, ser papá soltero—no tienes tiempo de sobra. Pero...

—Rut, escucha. No es eso. Es solo que...

—No, Pablo, tú escucha —su voz se quebró por el cansancio; él percibió el filo de pánico debajo—. Ella intentó matarse.

El aire cambió de peso. Su resistencia se desmoronó.

—Rut... lo siento mucho —dijo en voz baja—. Dime qué necesitas.

—¿Entonces me ayudarás?

—Sí. —Se deslizó fuera de la cama, encerrándose en su oficina. Su voz se estabilizó, cayendo en la cadencia familiar del trabajo—. ¿Por dónde empezamos?

—Con planificación. Mapeamos escenarios, construimos salvaguardas. Ese es nuestro épico: el proyecto que sostiene todo.

Él soltó una risa leve.

—Eres Rut Roberts. Claro que convertirías esto en un proyecto.

Una sombra de sonrisa le tocó los labios. Esa era Rut: siempre encontrando estructura en medio del caos, moldeando la catástrofe en proceso. No sólo era instinto. Era supervivencia.

—Pero no cualquier proyecto —añadió ella—. Uno sin cadenas corporativas. Sin burocracia. Sin vetos de sala de juntas.

Las palabras lo golpearon hondo.

La idea de construir sin límites, sin política, sin manos atándolo, lo estremeció. Pero el peso cayó de inmediato. Esto no era un sistema caído. Era vida o muerte. Humano. Caótico.

Y aun así... Rut no habría llamado si no creyera en él. Ella nunca pedía ayuda sin necesidad.

—¿Cuándo empezamos? —preguntó.

—Hoy. Te mando la dirección.

La determinación de Rut encendió algo que él creía perdido desde hacía años. Por primera vez en mucho tiempo, Pablo lo sintió: propósito.

Esta era la razón por la que se había vuelto ingeniero. No por bonos. No por ascensos. Por esto: resolver los problemas que nadie más se atrevía a tocar.

Y esta vez, fallar no era sólo impensable... Era imperdonable.

19

Rut caminaba de un lado a otro por la sala en círculos cerrados y tensos, sus pies descalzos susurrando contra el piso de madera. Cada pocos pasos se detenía junto a la ventana, levantando apenas la esquina de la persiana para mirar hacia afuera.

Nada.

La entrada se extendía vacía bajo el tono ámbar de la luz del porche, las sombras aferrándose a los bordes de la calle.

Su teléfono yacía frío en la palma de su mano. Lo revisó otra vez, aunque no había sonado ninguna alerta.

Pablo había prometido mandar un mensaje al llegar, para que ella pudiera dejarlo entrar sin llamar la atención. Mi-Ra no necesitaba otro sobresalto—y Rut no necesitaba los juicios disfrazados de preguntas.

Ya podía escucharla:

¿No es muy pronto para recibir visitas? Tan rápido para traer a un hombre a la casa. ¿Qué dirán los vecinos?

El teléfono vibró en su mano.

Rut cruzó hacia la puerta y pegó el ojo al mirilla.

Pablo estaba bajo la luz del porche, aunque el sol de la tarde todavía se estiraba sobre un cielo deslavado por el frío. Sus hombros estaban tensos contra el viento, las manos enterradas en los bolsillos de su rompevientos. El desgaste del día se notaba en su cabello oscuro—lo suficiente despeinado para delatar las horas, rebelde sin caer en desorden.

Rut inhaló hondo, obligándose a mantener la calma. En su mente repasó los puntos uno por uno, como lo hacía antes de cada junta del trabajo: anticipar objeciones, decidir dónde insistir y dónde ceder. Visualizó las palabras alineadas, listas para salir en orden, listas para dirigir la conversación en vez de ser arrastrada por ella. Con esa armadura frágil en su sitio, envolvió la mano en el picaporte y abrió la puerta.

—Gracias por venir —dijo Rut, con Gizmo pegado a sus pies, su pequeño cuerpo cálido anclándola al suelo.

Pablo se agachó para saludarlo, rascando detrás de las orejas.

—Hola, campeón. Por fin conozco a la leyenda.

Al ponerse de pie, se sacudió los jeans, donde se le pegaron pelos rebeldes. Hebritas blancas flotaron en el aire, suspendidas como hilos pálidos. En la luz de la tarde que se colaba por la ventana, brillaron un momento antes de caer otra vez, leves e inevitables.

—Perdón por eso —sonrió Rut, cansada—. Suelta pelo como loco.

—Con razón le pusieron Gizmo. Café, blanco, peludo... sí, le queda el nombre —respondió él—. ¿De qué raza es?

Rut se encogió de hombros.

—Alguna mezcla. No estoy segura. Juan lo rescató.

Los ojos avellana de Pablo recorrieron la habitación, no con desconfianza, sino con una atención tranquila.

Rut conocía esa mirada—la había visto en el trabajo, durante auditorías o reuniones críticas.

No estaba invadiendo. Estaba observando, catalogando, como si cada objeto y cada silencio contara algo.

Caminaron hacia el comedor.

Pablo se sentó, las manos firmes sobre el borde de la mesa, la postura tensa. Rut observó el plateado en sus sienes—tiempo marcado en alguien que ella alguna vez creyó eternamente juvenil.

—Puedo ver cómo giran tus engranes —dijo ella.

Él soltó un suspiro audible.

—Seré honesto. No estoy seguro de cuánto valor puedo agregar aquí.

—Pablo, eres brillante.

—No hablo de eso. Hablo de esto: si alguien quiere quitarse la vida, va a encontrar cómo hacerlo.

A Rut se le trabó la garganta.

—No esperaba eso de ti.

—Lo siento. Pero es la verdad.

Ella enderezó la espalda, la voz firme.

—El suicidio es impulsivo. El tiempo es la brecha. Si ampliamos la brecha... le compramos un respiro antes de actuar.

Pablo se inclinó hacia adelante.

—Sigue.

—Nuestro objetivo son los *disuasores ambientales*. Disparadores adaptados a Mi-Ra. No podemos fallar. Entonces... ¿estás dentro o no?

Él asintió.

—Estoy dentro.

—Bien. Ya lo intentó una vez. Tenemos que estar listos si vuelve a intentarlo.

—La velocidad no será el problema —dijo Pablo—. Entre los sensores de BabyTek y lo que hay en el mercado, tenemos los materiales. Es cuestión de integración y diseño.

—Discreto —insistió Rut—. Si lo nota, trabajará en nuestra contra. Sin luces parpadeantes. Sin hardware obvio. Solo datos silenciosos e intervenciones silenciosas.

Pablo se recargó, brazos cruzados.

—La mayoría de estas cosas no fueron hechas para ser invisibles.

—Pero esta tiene que serlo. —La voz de Rut fue un hilo tenso—. Tiene que sentirse normal. Callado. No sospechoso. Sin luces. Solo datos silenciosos. Intervenciones silenciosas.

Se levantó. El roce de su silla contra el piso cortó la quietud como una advertencia. En la cocina, abrió un cajón y sacó un cuchillo de acero inoxidable, esbelto, con mango de madera oscura. Lo levantó, dejando que la luz se reflejara en su filo frío.

—¿Lo reconoces?

Pablo entrecerró los ojos.

—Ese es un prototipo de seguridad de BabyTek.

—Es más que un prototipo —corrigió Rut—. Ya está en el mercado. —Golpeó suavemente la hoja contra su palma—. Reemplacé todos los cuchillos de la casa con estos.

Pablo asintió lentamente.

—Entiendo hacia dónde vas. ¿Y las cámaras?

—Ya instaladas —dijo Rut sin titubear—. Mi suegro hizo que Juan las pusiera antes de morir.

Pablo levantó las cejas.

—¿Incluso en los cuartos?

—Sí. Te daré acceso a la transmisión en vivo.

—Eso suena a una invasión seri...

Rut lo interrumpió.

—Nadie las ve a menos que sea necesario. ¿Entendido?

Pablo levantó las manos en rendición teatral.

—Totalmente. Medida de emergencia solamente.

Rut tomó su teléfono, sus dedos moviéndose con rapidez sobre la pantalla. Se lo devolvió segundos después.

—Listo. Ya tienes acceso. Ahora... ¿qué más?

Un destello brilló en los ojos de Pablo.

—¿Tiene smartwatch? Podría modificarlo para alertarnos de muchas cosas, incluso si se sumerge en agua.

—Jamás. Ni siquiera usa smartphone.

—Sin GPS entonces.

—No lo necesitamos. Desde que Gregario murió, no maneja.

—Una lástima.

Una pausa.

—¿Sabes coser? —preguntó de pronto.

Rut parpadeó.

—¿Qué?

—BabyTek SmartSox. Podemos extraer el oxímetro y el Bluetooth, e incrustarlo en sus calcetas.

Los ojos de Rut se iluminaron, mezcla de reconocimiento y urgencia.

—Podríamos monitorear sus signos vitales—picos, caídas, patrones irregulares. —Se inclinó hacia él, las manos moviéndose en el aire como si dibujara los datos—. Pero no se trata solo de vigilar. Se trata de detectar el patrón antes de que escale.

Giró la laptop hacia él. La pantalla se encendió, derramando gráficos y mapas de calor.

—Mira. Ya lo mapeé. Datos de la CDC, reportes de la OMS, artículos clínicos. Tendencias por hora del día con pesos de riesgo. Y aquí— —tocó el silueteado que pulsaba en la pantalla—, filtrado por el perfil personal y cultural de Mi-Ra.

—¿Tú desarrollaste esto? —dijo Pablo, acercándose más.

Rut asintió, la claridad encendiéndose en sus ojos.

—Si superponemos sus signos vitales, podemos marcar los puntos de peligro... los momentos en que está más cerca del borde. Patrones que un dataset común nunca podría ver. No solo podríamos predecir impulsos...

Pablo terminó la frase por ella, la voz baja, firme.

—Podríamos realmente detenerla en el acto.

20

Pablo se quedó un momento frente a las puertas del patio, la mirada fija en la alberca. Más temprano quizá habría parecido serena, un espejo del cielo. Pero ahora, bajo la luz menguante de la tarde, se veía más oscura, más pesada.

—Si pudieras convencerla de usar un smartwatch, esto sería muchísimo más simple —dijo, apartándose del vidrio.

Rut no levantó la vista del laptop. Su voz salió cortante.

—No puedo. Así que dejemos de perder tiempo y adaptemos el BabyBuoy.

Él cruzó al comedor y se inclinó sobre su hombro. En la pantalla brillaba la imagen del producto de BabyTek: un cono rojo flotante diseñado para detectar el movimiento del agua y disparar una alarma al instante. Probado. Confiable. Implacable en su simplicidad.

—Funcionará en la alberca —dijo Rut sin dejar de desplazarse por la página—. Pero no puedo tener un cono gigante en la tina. Necesito que sea invisible. O por lo menos, disfrazado.

El cerebro de Pablo entró en modo diseño.

Había visto un BabyBuoy desarmado en una mesa del laboratorio meses atrás; el recuerdo encajó en su sitio. La mayor parte del volumen era puro teatro: baterías, carcasa impermeable, acolchado ergonómico para generar confianza en los padres. El corazón del dispositivo no medía más que una cajita de cerillos. Si retiraban la carcasa, el hardware sería diminuto.

—¿Mi-Ra normalmente se baña o se ducha? —preguntó, sin dejar de observar las manos de Rut.

—Ducha.

—¿Siempre?

—Sí, siempre. ¿Por?

Pablo evaluó posibilidades: falsos positivos, duración de batería, alcance inalámbrico.

—Si quitamos la carcasa externa, el hardware sería prácticamente invisible —dijo—. Una ducha no lo activaría, pero en cuanto empiece a llenar la tina, te llegará una alerta.

Rut tamborileó los dedos sobre la mesa, los ojos entrecerrados. Sus pensamientos avanzaban en ráfagas cortas que Pablo casi podía traducir como líneas de código. Él se quedó quieto, esperando.

—No es ideal —dijo por fin—. Pero, por ahora, tendrá que bastar.

Empujó la silla hacia atrás y agarró su abrigo.

—¿A dónde vas? —preguntó él, levantándose.

—A la tienda, a comprar los productos de BabyTek.

—Voy contigo.

Ella pasó junto a él sin una palabra, el abrigo fluyendo detrás de su cuerpo mientras cruzaba la entrada. La puerta se abrió con un crujido apagado y se cerró con un clic suave, pero definitivo—como el cierre de una bóveda. Sus pasos se desvanecieron por el camino hasta que la casa quedó envuelta otra vez en su silencio denso.

Pablo obedeció, atravesó la cocina y entró al garage. Cerró la puerta detrás de sí hasta que la luz se redujo a una línea delgada sobre el piso. El brillo tenue caía sobre el auto estacionado, las cajas apiladas, el murmullo del calentador de agua en la esquina. Se sentó, las manos inquietas, la mente girando sin permiso.

No era solo BabyTek lo que lo había movido.

Era el origen—las promesas, el discurso, los sueños cuánticos que habían sido su futuro.

Pablo se había graduado del Instituto Tecnológico de Massachusetts, primero de su generación, con un doctorado en ingeniería de sistemas cuánticos antes de cumplir veintisiete.

No solo entendía la teoría cuántica—la sentía, como los compositores sienten la música, como los poetas sienten el ritmo. Vivía en sus huesos. Así que cuando MIT le ofreció un puesto de investigación apenas dos meses después de graduarse—una pista de lanzamiento hacia nuevas fronteras de la física aplicada—se sintió como si el universo se plegara sobre sí mismo para entregarle su sueño.

Pero no podía volver a pisar ese campus.

No después de lo que pasó.

Las cartas siguieron llegando—becas, fondos, ofertas de titularidad—todas sin abrir, todas sin respuesta. Cambridge se volvió un fantasma en su mapa. Familiar, sí. Pero intocable.

BabyTek fue diferente.

No enviaron otra carta educada destinada al basurero. Llamaron. Escribieron. Lo rastrearon por antiguos colegas, citando su trabajo con una precisión quirúrgica. No ofrecieron: lo desafiaron. Donde la academia cortejaba, BabyTek perseguía—insistente, segura, sin miedo a cruzar la línea entre invitación e intromisión.

Era una empresa ágil, bien financiada, con el grado justo de secretismo para parecer formidable y el grado justo de arrogancia para parecer peligrosa. Y una misión lo suficientemente audaz como para poner de rodillas incluso a un ateo.

Querían redefinir lo posible—fusionar tecnología cuántica con IA de consumo y doblar el futuro a su voluntad.

El discurso era afilado, impecable, irresistible. Conocían su trabajo de memoria, citando sus artículos como si fueran evangelio. Le prometieron recursos, autonomía, innovación sin límites. No querían otro investigador encerrado en un laboratorio. Querían un pionero—alguien lo bastante arriesgado, lo bastante brillante, para encender el primer fósforo y prender fuego al futuro.

Pablo voló a la entrevista con un traje azul marino y una corbata demasiado rígida para su gusto. El cuello le raspaba, pero lo ignoró. No se vestía así desde la defensa de su tesis, y ni entonces le importaron las apariencias. Hoy sí. Hoy tenía que parecer más que un genio de laboratorio: un líder.

Frente a él estaba Ethan Myles, Director de Tecnología de BabyTek. Cuarenta y tantos, traje afilado, mirada más afilada aún. Caminaba como alguien que vivía de adrenalina y cafeína, cada palabra cortada con precisión. Si Pablo era teoría, Ethan era ejecución.

—Las posibilidades son infinitas —dijo Pablo, cuidando su tono.

Ethan se recargó en su silla, dedos entrelazados.

—Dame ejemplos de cómo aprovecharías tecnología cuántica aquí en BabyTek.

Pablo exhaló despacio, ganando un segundo.

—Vaya, bueno... por dónde empezar. —Se inclinó—. Para empezar, podríamos detectar el Síndrome de Muerte Súbita Infantil en tiempo real, con alertas antes de que el evento se vuelva crítico.

Eso captó la atención de Ethan. Se inclinó hacia adelante, codos en la mesa, ojos entrecerrados.

—¿Y cómo funcionaría eso, exactamente?

Pablo ladeó la cabeza. Por un instante creyó que Ethan ya lo sabía, que lo estaba poniendo a prueba. Pero el rostro del hombre no dejaba nada claro. Pablo decidió profundizar.

—Bueno, la tecnología ya se probó en ambientes controlados —respondió con calma.

Ethan asintió, como si recordara algo vagamente.

Pablo continuó.

—Hipotéticamente, podríamos usar sensores cuánticos—específicamente centros de vacancia de nitrógeno en diamante—para detectar campos magnéticos minúsculos generados por el flujo de iones en el corazón y cerebro del bebé. Ese nivel de resolución nos permitiría identificar anomalías antes de que se vuelvan fatales.

Ethan asentía, la expresión apenas moviéndose.

—Y eso es solo el comienzo —prosiguió Pablo—. Combinado con análisis cuántico del aliento, podríamos desarrollar un producto que no solo monitoree—prediga. Sería el primero de su tipo.

—¿Y cómo contribuiría el análisis del aliento cuántico, exactamente?

Pablo parpadeó. Había esperado que Ethan uniera los puntos. Aun así, respondió.

—La espectroscopía cuántica detectaría compuestos en el aliento con precisión de partes por trillón. Marcadores tempranos de enfermedad respiratoria, problemas metabólicos, infección... aparecerían días antes de los síntomas.

Se detuvo un instante y aclaró la voz.

—Claro... todo esto asumiendo que BabyTek esté dispuesto a invertir.

La tecnología cuántica no era barata—era ruinosamente costosa. No podías avanzar con presupuesto de R&D o el cambio de un trimestre. Requería capital con colmillos: materiales de frontera, métodos de fabricación que solo unos cuantos laboratorios dominaban, infraestructura tan precisa que la mínima variación de temperatura podía arruinar meses de trabajo. Construir cuántica era quemar dinero y rezar para que las matemáticas aguantaran.

Los labios de Ethan se curvaron—no un sonrisa, más bien la sombra de una.

—Ya estamos fuertemente invertidos —dijo con una calma casi casual—. Al menos en el entorno de pruebas. Ya sabes... *pasos de bebé*.

Pablo soltó una risa seca ante el juego de palabras.

—Sí, claro.

Ethan se recargó en la silla con suavidad ensayada, la expresión volviendo a la misma neutralidad pulida de antes. Era un rostro difícil de leer, un espejo que dejaba a Pablo sin saber si acababa de impresionar al hombre... o si acababa de caer en una trampa.

21

Rut volvió a entrar a la casa, las bolsas del supermercado colgando de sus manos, la mirada recorriendo las habitaciones a media luz en busca de cualquier señal de Mi-Ra. El silencio era denso, antinatural, cada crujido de las tablas del piso más ruidoso de lo que debía ser.

Avanzó por el pasillo, el corazón en la garganta, y se detuvo frente a la puerta de Mi-Ra. Una delgada franja de luz se proyectaba sobre el piso—prueba de que seguía despierta. Rut contuvo el aliento, esforzándose por escuchar algún movimiento del otro lado. Nada.

Giró y se deslizó hacia la lavandería. Se agachó, tomó un par de calcetas de Mi-Ra de la canasta y las guardó bajo el brazo junto con el resto de los suministros. Era demasiado lo que llevaba, y su equilibrio cedió: una de las bolsas rozó la canasta sobre la secadora.

La canasta se tambaleó. Una vez. Y cayó.

El estallido rompió el silencio como un disparo.

Rut se quedó inmóvil, el pulso desbocado, el aire atrapado en los pulmones.

—¿Quién está ahí? —la voz de Mi-Ra atravesó la puerta, afilada, desconfiada.

Rut no se movió. No dijo nada.

Un largo silencio. Luego la voz de Mi-Ra regresó, plana, indiferente.

—No me importa.

El alivio se soltó de golpe en el pecho de Rut. Abrió con cuidado la puerta hacia el garage y se deslizó dentro de la oscuridad, donde Pablo la esperaba.

—Ayúdame a abrir todo esto —dijo, el tono corto, sin dejar espacio para dudas. Alzó las bolsas hacia la mesa de trabajo, el plástico crujiendo bajo su urgencia. Uno por uno, fue acomodando los artículos, alineándolos con la precisión de quien se prepara para una batalla.

Tres cajas pequeñas—empaques minimalistas que prometían comodidad e innovación—albergaban cada una un par de SmartSox, sus colores brillantes casi burlándose del propósito sombrío que ahora tenían. A un lado, dos cajas más grandes, más pesadas, mostraban el logo de BabyBuoy. Las imágenes brillantes de niños sonrientes con chalecos flotadores no alcanzaban a disfrazar lo que eran en realidad: salvavidas, despojados y reconfigurados para sobrevivir.

—¿Cuánto fue? —preguntó Pablo, ya desgarrando la primera caja, el cartón crujiendo bajo sus manos.

—Casi mil quinientos —respondió Rut sin mirarlo, la voz plana, práctica, como si decirlo en voz alta suavizara el golpe.

Trabajaron rápido, la urgencia afilando cada movimiento, arrojando a un lado cajas, manuales brillantes y capas de espuma protectora.

—Tú abre los Buoys. Yo empiezo con las SmartSox —ordenó Rut.

Abrió la primera calceta, la costura cediendo bajo la presión de sus dedos. Diseñada para los pies frágiles de un recién nacido, la tela pastel escondía una sofisticación inesperada. Levantó una calceta amarilla—su inocencia resultaba casi cruel dada la situación. Cerca del tobillo, cosida entre la trama, una pequeña cápsula de plástico—no más grande que una moneda—albergaba sensores biométricos capaces de monitorear signos vitales en tiempo real.

Con cuidado quirúrgico, Rut la separó de la calceta, evitando cortar los cables finos como cabello. Una por una, extrajo las piezas y las alineó con precisión, cada sensor colocado como si fueran instrumentos de una cirugía delicada.

Junto a ella, Pablo trabajaba con los dispositivos más grandes. Abrió los conos rojos, el plástico alegre resquebrajándose bajo la presión. Al quedar desnudo, el BabyBuoy resultaba casi patético—toda su masa reducida a un módulo central diminuto: una tarjeta del tamaño de una caja de cerillos, cables delgados enrollados como venas, un arreglo de sensores del tamaño de una uña.

—Acuérdate: la colocación lo es todo —dijo Pablo sin apartar la vista.

Rut tomó las calcetas gruesas de invierno de Mi-Ra y comenzó a coser bolsillos improvisados en la lana—lo suficientemente cerca para leer sus signos vitales, pero lo bastante ocultos para pasar desapercibidos. No era costurera, pero sabía lo básico. La aguja atravesó la tela, el hilo tensándose. Por un momento, su mente regresó a la preparatoria. Su padre, siempre pragmático, había insistido en que tomara economía doméstica. *Todos deben saber cocinar, limpiar y coser*, decía, sin dejar espacio a discusión. Ella había puesto los ojos en blanco, pero ahora esos aprendizajes se sentían como un regalo.

—Gracias a Dios por las pequeñas victorias —murmuró.

—Listo —dijo Pablo, girándose hacia ella—. ¿Qué sigue?

Rut sacó su teléfono del bolsillo trasero y se lo puso en la mano.

—Descarga la app de BabyTek. Vincula los dispositivos.

Pablo arqueó una ceja al tomarlo.

—Sabes... podría hacer algo mucho mejor que esto.

—Lo sé —respondió Rut, pareja, sin evasivas. Se mordió la yema del dedo índice, el pinchazo agudo disipando el entumecimiento que trepaba por su mano—. Ya habrá tiempo para iterar.

Lo de esa noche no era innovación. Era supervivencia. No había tiempo para inventar. Esto no se trataba de lo que *podían* construir, sino de lo que *tenían* a la mano.

Herramientas. Si lograban doblegarlas a su voluntad, serían algo más. Salvarían a Mi-Ra. O morirían intentándolo.

22

Los empaques arrancados alfombraban el piso del garage, esparcidos como restos del día de Navidad. Caparazones brillantes de gadgets de consumo—productos diseñados para inspirar confianza—yacían destripados y abandonados, sus promesas pulidas reducidas a plástico astillado y circuitos expuestos.

En el banco de trabajo, lleno de cicatrices, las piezas se transformaban en algo distinto. Rut y Pablo trabajaban en silencio, las manos moviéndose en un ritmo tenso, la urgencia uniéndolos más que cualquier plan. El único sonido era el roce de las herramientas, el chasquido leve de los cables, el zumbido bajo de la concentración.

Entonces Rut lo oyó.

No un crujido. No el asentamiento normal de la casa.

Llantos.

Crudos. Dolorosos. Inconfundibles.

El pulso se le trabó. Se quedó inmóvil, el desarmador suspendido en el aire, cada músculo orientándose hacia el sonido.

Levantó la muñeca y miró su reloj.

La 1 de la mañana.

—Ahí va otra vez —murmuró—. A la misma hora, todas las noches.

Pablo no levantó la vista. Su pulgar voló sobre la pantalla del teléfono, configurando la app de BabyTek con una velocidad que a Rut le dijo que lo había hecho cientos de veces.

—Me da lástima —dijo.

Los recuerdos giraron en la mente de Rut. Las lágrimas de Mi-Ra eran tan raras que podían catalogarse. Tan pocas que cada una tenía su lugar en su memoria, marcada como una grieta en la piedra. Escasas, pero devastadoras.

—Lo extraño —dijo Rut con cautela— es que en realidad sólo la he visto llorar... quizá dos veces.

—Cada quien vive el duelo a su manera —respondió Pablo, sin apartar la vista del resplandor azul.

Rut lo observó, inquieta por la facilidad con que él lo desestimaba.

—¿No te parece raro? Perder al esposo ya es lo bastante duro, pero... ¿a su propio hijo? —la garganta se le apretó—. No puedo ni imaginar cargar con ese dolor sin desmoronarse.

El teléfono sonó—agudo, repentino. Pablo dio un sobresalto, casi soltándolo.

—Es el detective Gómez —dijo, mostrándole la pantalla.

Rut lo arrebató y se lo llevó al oído.

—¿Hola? —su voz sonaba firme, aunque el pecho se le tensó como si esperara un impacto.

—Señora Roberts, disculpe la hora —dijo Gómez—. Estoy en su puerta. Veo su coche afuera. ¿Asumo que está en casa?

—Sí —respondió Rut con cautela.

—¿Puedo pasar? No me tomará mucho tiempo.

—Claro —respondió al instante—. Voy para allá.

Le devolvió el teléfono a Pablo y salió hacia la puerta.

—Rut, ¿qué pasa? —preguntó él.

—El detective está aquí.

Pablo frunció el ceño.

—¿A esta hora? ¿Qué quiere?

—No lo sé —dijo Rut, cerrando la puerta del garage en silencio tras de sí.

LA LLORONA: EL DESPERTAR

La casa estaba tenue, callada. Desde su camita, Gizmo alzó las orejas, alerta, como si él también percibiera lo extraño de recibir visitas a esta hora. Caminó tras ella, sus uñas repiqueteando en sincronía con los pasos de Rut.

En la puerta principal, la mano de Rut flotó sobre el cerrojo, la palma húmeda contra el metal frío. Permaneció inmóvil, escuchando—el murmullo de la casa, el zumbido leve de la luz del porche, el golpeteo de su propio corazón. Se inclinó hacia la mirilla.

El detective Gómez estaba rígido en el porche, el rostro ensombrecido bajo la lámpara amarilla.

Inspiró hondo y abrió el seguro.

—¿Alguna noticia? —preguntó, la voz más estable de lo que sentía.

Él se movió apenas, la luz dibujando la línea dura de su mandíbula.

—No exactamente. ¿Podemos pasar?

Rut frunció el ceño.

—¿Podemos?

Una mujer estaba detrás de él, la chamarra marcada con FORENSICS en la espalda.

—No entiendo —dijo Rut, la voz tensándose—. ¿Qué está pasando?

Entraron sin esperar permiso. Gómez ajustó la mascarilla sobre su rostro y avanzó hacia el comedor; la mujer lo siguió cargando un maletín rígido.

—Necesitamos recolectar una muestra de Gizmo —dijo Gómez.

El estómago de Rut se revolvió.

—¿Por qué?

La mujer dejó el maletín sobre la mesa. Los broches metálicos tronaron al abrirse, ruidosos en el silencio. Dispuso bolsas de evidencia en una cuadrícula ordenada, el plástico crujiendo cuando alineó los bordes. Luego sacó las herramientas—cámara, pinzas, hisopos estériles—cada una colocada con un orden deliberado.

—¿Da su consentimiento? —preguntó Gómez.

—Pues... sí, pero—

La mujer se puso guantes.

—Cárguelo y acérquese.

—Ah... claro. —Rut se inclinó y levantó a Gizmo. Él movió la cola una vez, luego se quedó quieto, los ojos saltando entre ella y los desconocidos.

Un flash iluminó la sala, arrancando un parpadeo a Rut.

—Elena Rivas, ID Técnico 472, recolectando muestra 001: pelo canino. Recolectado a las 00:32 horas.

—Sujételo firme —ordenó la mujer.

Peinó el lomo de Gizmo, recogiendo el pelo suelto en una bolsita, luego tomó una muestra de su mejilla, rápida y precisa.

—Muestra 002: hisopado bucal, referencia canina. Recolectado a las 00:34 horas.

Rut tragó con esfuerzo.

—¿Está bien? Él no entiende lo que está pasando.

Y era cierto. Pero también era cierto lo que no dijo.

Tampoco lo entiendo yo.

Y algo en sus entrañas le decía que no debía entenderlo. No todavía.

23

Pablo permaneció en el garage, el aire pesado con olor a aceite y concreto húmedo. Las herramientas colgaban de la pared en filas disciplinadas, los filos de acero atrapando destellos de luz como testigos silenciosos. El banco de trabajo detrás de él era un caos de empaques rotos, cables y dispositivos a medio destripar, pero su mirada seguía fija en la ventana angosta.

Un resplandor tenue sangraba a través del vidrio.

¿Un detective? ¿A estas horas?

La inquietud chisporroteó por su cuerpo, aguda como una descarga eléctrica. Su mente corrió adelante, construyendo escenarios más rápido de lo que podía desmontarlos. La lógica insistía en que no había nada que temer—nada que esconder. Pero la autoridad tenía su propia gravedad. El simple imaginar las luces intermitentes, el brillo duro de una placa, le apretó el pecho con un peso sofocante.

Y con ello vino el recuerdo—afilado, inoportuno—de aquel día cruel que lo había marcado para siempre.

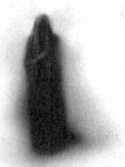

Las luces fluorescentes zumbaban arriba, su resplandor estéril rebotando en pizarras cubiertas de ecuaciones y bocetos de circuitos cuánticos medio borrados. El Infinite Corridor del MIT se extendía justo más allá del laboratorio, su columna vertebral de concreto forrada de notaciones con gis—pruebas de cada mente que había quemado la noche antes que él.

En su estación de trabajo, las libretas se apilaban en torres precarias, cables sueltos enroscados como serpientes, el aire impregnado con el tenue olor a ozono de equipos recién disparados. Él vivía para esto—el murmullo de los servidores, el clic suave de los instrumentos, la intoxicante sensación de que un descubrimiento podía encenderse en cualquier segundo.

Entonces sintió el punzón en el estómago. Hambre, justo a tiempo. Miró su reloj.

La 9:30 de la mañana.

Se quitó la bata, la dobló con cuidado sobre la silla y avanzó por el corredor hacia la cafetería.

Ahí se sentó solo, el murmullo y el tintinear alrededor disolviéndose en un zumbido de fondo. Frente a él, un tazón de cartón con avena humeaba, las volutas enroscándose como cintas fantasmales. El aroma a maple lo llevó a desayunos de infancia. Inhaló hondo y hundió la cuchara. La dulzura tibia se esparció en su lengua y, por un instante fugaz, el mundo se sintió simple. Íntegro.

La vibración en su bolsillo lo destrozó todo. El teléfono zumbó contra su muslo, insistente. Pablo se limpió la boca con una servilleta, sacó el celular y contestó a medio bocado.

—Mamá, ¿te puedo llamar en unos...?

—Pablo —interrumpió ella, sin aliento—. Es una emergencia. Santiago dejó una nota en el buzón.

Él se quedó helado.

—¿Santiago? No entiendo. ¿Por qué?

—Tu papá está buscándolo... necesitamos que nos ayudes a encontrarlo.

Las palabras le golpearon el pecho. Antes de darse cuenta, ya estaba de pie, la avena abandonada, corriendo fuera de la cafetería. El ruido quedó atrás mientras la adrenalina lo empujaba. Cruzó el patio hacia su coche.

No. Santiago jamás haría algo así. Tenía que ser un error.

Las manos le temblaban mientras marcaba el número de Evelyn. Contestó al instante.

—Evelyn, ¿qué pasó? —preguntó, la voz rota de urgencia.

—¡No lo sé! —su pánico sangraba a través de la línea—. Tuvimos una discusión anoche, pero nada que mereciera esto.

—¿Sobre qué discutieron?

—Fue absurdo. El lavavajillas. Dijo que lo había cargado mal. Yo estaba agotada—Delilah no dejaba de llorar—y exploté —su voz se quebró—. Él dijo que no me merecía, ni al bebé. Yo le grité de vuelta.

—¿Qué le dijiste? —preguntó Pablo.

El sollozo se fragmentó.

—Por fin, algo en lo que estamos de acuerdo.

El silencio se estrelló en su oído. Colgó y apretó el volante. El gimnasio. Tenía que estar ahí.

Condujo como si el tiempo dependiera de ello. Al llegar, buscó entre los coches... nada. Aun así, entró. El ruido metálico de las pesas le rasgó los nervios. Ninguna señal de Santiago.

La espiral empeoró. Volvió al coche, manejando sin rumbo hasta que los faros iluminaron una silueta familiar. El coche de Santiago. Estacionado frente a un motel deteriorado al otro lado de la autopista.

La grava crujió bajo sus llantas mientras se deslizaba junto a él. La puerta de una habitación estaba entreabierta.

Tocó.

—¿Santiago? ¿Estás ahí?

Silencio.

Tocó más fuerte, la desesperación rompiendo su voz.

—¡Santiago! Soy yo. ¡Ábreme!

Los gritos se apagaron en un corredor muerto.

Su mano flotó sobre la perilla. Giró. Sin seguro.

El olor lo golpeó de inmediato—moho, encierro, algo más oscuro. El cuarto, vacío. Un hilo de alivio.

Empujó la puerta del baño. Tomó la cortina con la mano temblorosa. La jaló.

Todo se volvió borroso. El aire se le fue.

Santiago yacía en la tina, completamente vestido, un arma pesada sobre el pecho... inmóvil.

La realidad de ese día lo seguía en fragmentos que jamás se disolvían—

El coche de Santiago en el estacionamiento.

El letrero del motel parpadeando.

El olor agrio.

La sangre—espesa, oscura, secándose en los bordes.

La llamada frenética al 911.

Las patrullas inundando el lugar.

Ahora, esperando en el garage, lo sintió revivir. Los recuerdos se filtraron otra vez, humo negro que no podía contener. El peso se instaló en su pecho, amenazando con hundirlo. Tenía que moverse antes de que lo consumieran.

Se acercó a la ventana angosta, quedándose en las sombras. Afuera, una patrulla reposaba en la acera, los faros cortando líneas duras sobre la calle.

Parpadeó, se frotó los ojos, miró de nuevo.

Una camioneta blanca de forenses se alzaba detrás de la patrulla, el rótulo visible bajo la luz del poste. El estómago le dio un vuelco.

Pablo ya no pudo esperar. La incertidumbre le roía la piel, cada segundo estirándose como una cuerda tensa a punto de romper. Salió del garage y avanzó hacia la puerta principal. En el umbral se detuvo.

Adentro, Rut estaba con el detective. Un maletín abierto sobre la mesa. Herramientas que brillaban bajo la luz—pinzas, sobres, hisopos—instrumentos de intrusión ordenados con precisión. La expresión de Pablo se endureció, la preocupación mezclándose con sospecha, la confusión tensándole el rostro.

—Detective Gómez, él es... —empezó Rut.

Gómez levantó la mano.

—No es asunto mío.

—Tengo lo que necesito —dijo la técnica, guardando cada objeto con eficiencia clínica. Brochas, hisopos, sobres. Cada broche del maletín se cerró con un chasquido, preciso, final.

El detective aguardó a que ella terminara. Luego ambos se encaminaron a la salida.

—Los dejo continuar con... lo que sea que estuvieran haciendo.

La puerta se cerró detrás de ellos. El silencio regresó, más pesado que sus pasos.

Pablo se quedó justo dentro, la mirada fija en Rut. Ella sostenía al perro apretado contra el pecho, brazos tensos. Sus ojos se encontraron, los dos aferrándose al otro desde un vacío compartido, ambos buscando sentido en algo que quizás no lo tenía.

24

El aire apestaba a suavizante, ese aroma nítido, fabricado, bajo el dulzor empalagoso de las toallitas para secadora. Era un olor pesado, no reconfortante sino falso, un aroma que parecía más disfraz que hogar.

Mi-Ra entró en la sala.

Rut estaba encorvada en el sofá, con una pila ordenada de calcetines sobre las piernas. Sus dedos se movían en pequeños gestos rígidos—doblar, presionar, apilar—tan precisos que parecían frágiles, como si un solo error pudiera hacerla quebrarse.

Para Mi-Ra, daba la impresión de que Rut siempre estaba en movimiento, siempre deslizando su presencia por la casa como si le perteneciera. Reacomodando estantes. Patrullando pasillos. Doblándole la ropa con una familiaridad que no era suya.

Ahora estaba allí, en la sala de **su** casa, manipulando **sus** cosas, y la imagen le raspó algo profundo por dentro—algo sin nombre, pero imposible de ignorar.

—¿Lavandería... otra vez? —dijo Mi-Ra. Su voz cortó el aire, afilada, quebradiza.

Rut dio un salto, como una niña sorprendida en plena travesura.

Su sonrisa llegó un instante tarde—demasiado rápida, demasiado pulida, como si la hubiera ensayado. Por un breve segundo, una chispa de culpa cruzó su rostro, desapareciendo casi antes de formarse. Pero Mi-Ra la vio. Madre de dos hijos, había aprendido hacía mucho a leer los gestos que creían invisibles. Y una vez que lo notó, ese rastro de culpa se aferró con uñas, negándose a soltarse.

—Solo intento ayudar —dijo Rut con suavidad, aunque sus manos la traicionaban—los dedos inquietos sobre los calcetines, como si pudieran desdoblarse solos.

—Puedo cuidarme sola —replicó Mi-Ra, las palabras cortantes.

Pasó junto a ella, el sonido de sus pasos llenando el espacio, y abrió la llave del fregadero. El agua rugió, golpeando la superficie del acero. La dejó correr antes de llenar un vaso.

—¿Por qué estás despierta tan tarde? —preguntó, observando el agua subir.

—No pude dormir. Las cosas han estado... ya sabes. Difíciles.

La amargura se filtró antes de que Mi-Ra pudiera detenerla:

—¿Difíciles para quién? ¿Para ti?

—Sí. Difíciles para mí —respondió Rut, su voz tensándose.

Mi-Ra cerró la llave y tomó el vaso, la condensación resbalando fría sobre su palma.

—Da igual cuánta ropa laves; no puedes quedarte aquí para siempre.

—¿Me estás echando? —preguntó Rut, colocando la ropa doblada sobre la encimera.

—No.

—Bien. Porque vamos a superar esto juntas.

La palabra la desgarró. *Juntas.* Como si algo pudiera volver a coserse. Mi-Ra recogió el vaso y la ropa, alejándose por el pasillo. Su puerta se cerró con un golpe suave.

—No puedes arreglarme —gruñó.

—No estoy intentando arreglarte —respondió Rut—. Estoy intentando estar aquí para ti... para las dos.

¿Pero por qué?

El pensamiento presionó en su mente, punzante, insistente. Mi-Ra lo tragó, su silencio un escudo, mientras acomodaba la ropa limpia y dejaba el vaso en su mesa de noche.

El marco de una foto se inclinaba apenas, sus rostros congelados devolviéndole una sonrisa que ya no sabía cómo sostener. Mi-Ra colocó los calcetines doblados a los pies de la cama. El calor los llamó. Se los puso; la lana abrazó sus pies fríos, arrancándole un suspiro. La tibieza fue fugaz, pero real. Y ella se aferró a ella.

Sus ojos viajaron hacia la esquina donde el viejo tocadiscos de Greg esperaba, rodeado de vinilos como si fueran reliquias. Doo-wop. Soul. Discos que él había custodiado como tesoros, asegurando que el crujido era parte de la magia. Ahora, dormían bajo capas de polvo.

Tomó un sorbo de agua para aclarar la garganta, luego cruzó la habitación. Deslizó los dedos por un álbum gastado de Billie Holiday, acariciando sus bordes suavizados por décadas. Con extremo cuidado, colocó el vinilo sobre el tocadiscos y bajó la aguja, como si despertara algo sagrado.

El crepitar llenó la habitación—estática como el sonido de un tiempo desgarrándose—antes de que la voz de Billie se derramara, baja, doliente, eterna.

Mi-Ra cerró los ojos. La letra brotó de sus labios, un susurro desgastado:

Te veré.

El murmullo quedó suspendido, vibrando en el aire—no solo una frase, sino un voto. Mitad plegaria, mitad maldición.

Su garganta ardió. Levantó el vaso. Bebió.

Y no se detuvo.

Los sorbos se volvieron tragos—urgentes, desesperados. El agua le bajaba por la barbilla, escurriendo por su cuello, empapando su pijama hasta adherirse frío a su piel. Se desplomó sobre la cama, el vaso temblando en su mano.

El colchón se hundió bajo ella, las sábanas manchándose, oscureciéndose con cada derrame, como moretones extendiéndose.

Aún bebía.

Sus brazos temblaban, rígidos, negándose a obedecer. El vaso presionó contra sus labios, sus propias manos obligándola a inclinar la cabeza.

El vaso no se vació. El agua brillaba, turbia, llena, como si se renovara sola.

Dentro del líquido... algo se movía.

Su garganta se cerró. Tosió, se atragantó, pero el torrente no cedió. El agua le quemaba la nariz, le ardía detrás de los ojos hasta que las lágrimas corrían por sus mejillas. Cada jadeo la ahogaba más.

Su cuerpo se sacudió, pero sus brazos—sus traicioneros brazos—no se apartaban.

Y entonces la oyó.

Una voz.

Ascendió desde el vaso, viajando en la corriente, colándose en sus oídos. No eran palabras al principio—solo un ritmo, una canción al revés. Una orden disfrazada de consuelo.

Bebe...

Mi-Ra sacudió la cabeza con violencia, pero sus manos no cedieron.

Bebe...

La voz se filtró en su cráneo, fría, implacable.

Bebe hasta que el fuego se apague. Bebe hasta que llegue el silencio.

El mundo se nubló. Su visión se cerró como un túnel oscuro.

Y aun así... bebió.

25

El sonido de un sollozo —débil pero implacable— se coló por la casa, arrancando a Rut del sueño. Sus ojos se abrieron lentamente en la oscuridad, el aliento atrapado, mientras sus oídos se esforzaban por atravesar el silencio que se tensaba entre cada llanto roto.

Volvió a escucharlo...

Más cerca esta vez.

Áspero. Desgarrado. No el desahogo limpio del llanto, sino algo arrancado bruto del pecho —un sonido de duelo desgajándose. Las paredes lo cargaban, lo amplificaban, hasta que parecía que la casa misma lloraba.

Rut se quedó paralizada, cada nervio en tensión.

El instinto le decía que se levantara, que fuera con Mi-Ra, que ofreciera algo —palabras, manos, consuelo. Pero el miedo la mantuvo inmóvil. Mi-Ra había construido sus muros demasiado altos, demasiado afilados, dejando afuera incluso a sus propios hijos. Rut había admirado esa fuerza alguna vez. Ahora parecía una fortaleza derrumbándose desde dentro, y aun así Rut no encontraba la manera de entrar.

Un timbre agudo desgarró la oscuridad. Rut dio un sobresalto, buscando a tientas su teléfono.

La pantalla del app de BabyTek brillaba, parpadeando una alerta. Su pecho se tensó al abrirla.

Los signos vitales de Mi-Ra llenaron la pantalla, latiendo en amarillo.

Bueno, eso es nuevo, pensó, el pulgar dudando un instante.

Frecuencia cardiaca elevada—muy por encima de 120. Saturación de oxígeno cayendo más de lo normal. Respiración errática, desigual, demasiado superficial.

Rut miró fijamente, suplicando que los números se estabilizaran. Pero la pantalla volvió a pulsar—esta vez en rojo. El color se derramó por la oscuridad como una bengala de advertencia, y su preocupación se afiló en miedo.

Se levantó del sofá y avanzó hacia la habitación de Mi-Ra.

Golpeó suavemente al principio.

—Mi-Ra?

Nada.

Más fuerte esta vez.

—Mi-Ra, contéstame.

Silencio.

El teléfono vibró de nuevo, la alerta chillona, insistente. La urgencia le recorrió el cuerpo como una descarga. El instinto aplastó toda vacilación.

—¡Mi-Ra! —gritó, golpeando con los puños la puerta cerrada—. ¡Abre la puerta!

El pánico la envolvió. Sus manos subieron al marco superior de la puerta, buscando a tientas hasta que sus dedos rozaron el clip que había escondido allí para emergencias. Le temblaban tanto que casi lo dejó caer.

—Vamos, vamos... —murmuró, agachándose para forzar la cerradura. El metal raspó, se atascó, y por fin—clic.

Entró a la habitación de golpe.

El aire la golpeó como un muro—ácido, agrio, espeso con el hedor del vómito. Sobre la cama, Mi-Ra estaba medio encorvada, su cuerpo convulsionando débilmente, atragantándose con su propio vómito. Espuma blanca marcaba la comisura de su boca mientras luchaba por respirar, el rostro manchado, ceniciento.

Las náuseas treparon por la garganta de Rut, pero las contuvo. No había tiempo.

LA LLORONA: EL DESPERTAR

Cayó de rodillas junto a la cama, sus manos titubeando un instante—*¿qué hago, por dónde empiezo?*—y luego el instinto tomó control. La tomó por el hombro y la giró de lado, despejándole las vías respiratorias. Con la otra mano barrió la mezcla de su boca, ignorando el ardor del ácido en su piel.

—Respira—vamos, quédate conmigo —rogó Rut, la voz quebrándose. Le inclinó la cabeza hacia atrás y le dio un golpe entre los omóplatos, rezando por un jadeo, una tos, cualquier cosa.

Su corazón retumbaba en los oídos mientras luchaba por mantener a Mi-Ra en este mundo, aferrándose a un solo pensamiento: no podía, no iba a dejarla morir así.

Una vez. Dos veces. Hasta que por fin—una tos húmeda, desgarrada, partió el silencio. El cuerpo de Mi-Ra dio un sacudón, espasmos que expulsaron más vómito sobre las sábanas. Rut la sostuvo firme, murmurando en medio de su propio pánico:

—Eso es—bien, sácalo. Respira, Mi-Ra, respira.

Otra tos, más áspera. Luego un silbido débil. El pecho de Mi-Ra subía y bajaba en ráfagas cortas, frágiles, tan precarias que parecía que el más leve tirón podría romper el hilo que la mantenía viva.

La mano libre de Rut tanteó la mesa de noche buscando su teléfono.

—Voy a llamar al 911 —dijo, el pulgar sobre el teclado.

Una mano débil atrapó su muñeca. Rut se sobresaltó.

Los párpados de Mi-Ra se abrieron apenas, la mirada turbia, perdida. Sus labios formaron palabras casi sin sonido:

—No... no llames. Estoy bien.

—¿Bien? —Rut escupió la palabra, incrédula—. Te estabas ahogando, Mi-Ra. Casi—

La frase murió en su garganta.

—Dije que no —repitió ella, la voz temblorosa, pero con una presión insistente en el agarre—. No hospitales. No doctores. Solo... déjame.

Rut la miró fijamente, desgarrada entre el miedo y la rabia, el teléfono temblando en su mano. Todo en su interior gritaba que debía llamar. Pero la frágil determinación en los ojos de Mi-Ra la inmovilizó.

Tragando su frustración, tomó una toalla y le limpió la frente.

—Estás bien —susurró, aunque las palabras sonaron más como un ruego hacia sí misma.

Los ojos de Mi-Ra se movieron, pasando por encima de Rut, fijándose en la esquina de la habitación. Rut se tensó y miró. Nada—solo sombras acumuladas. Pero el aire... se sentía más frío, un hormigueo subiéndole por la nuca.

Forzó su voz a mantenerse firme.

—Vamos a limpiarte un poco.

Silencio. Solo esa mirada hueca.

—Esto me pasó una vez —musitó Rut, limpiando la espuma y el vómito—. Cuando murió mi papá. Desperté empapada en sudor y vómito. A veces el cuerpo se rompe bajo demasiado dolor.

No hubo respuesta.

Rut suspiró, más fuerte de lo que pretendía. Nadie le había enseñado a atender heridas así. Su padre proveía, protegía... pero nunca consolaba. John había sido quien la cuidaba, quien sabía cubrirla con una manta, prepararle té, sostener su dolor sin juicio.

Y ahora ella estaba aquí, intentando ocupar ese lugar para la madre del hombre que la había despreciado. La ironía ardió.

Mi-Ra se movió apenas, su voz ronca, amarga:

—No tienes que hacer esto. Yo no te lo pedí. Puedo cuidarme sola. No te necesito. No necesito a JJ. No necesito—

—¿Crees que esto es lo que imaginé para mi vida? —la voz de Rut estalló, afilada—. ¿Bañar con esponja a una mujer que me ha tratado como basura?

Los ojos de Mi-Ra se abrieron, sorprendidos. Rut siguió.

—Estoy cansada de caminar sobre vidrio. No eres la única que está sufriendo. Yo también lo perdí. John era mi todo. Y aun así aquí estoy, intentando mantenerte viva.

Rut se levantó, empezando a caminar por la habitación, el pecho rígido mientras las palabras brotaban sin contención.

—Me has estado rechazando desde el día que nos conocimos. Cada comentario hiriente. Cada juicio. Cada insulto disfrazado. Me lo tragué todo—por

John. Y ahora él ya no está, pero yo sigo aquí. Limpiando tu desastre. Peleando por ti cuando tú no peleas por ti misma.

Se detuvo, respirando entrecortado.

—Me hiciste sentir que nunca sería suficiente. Que nunca pertenecería. Y aun así... aquí estoy.

Por primera vez, el rostro de Mi-Ra se quebró, colapsando en una expresión de dolor puro. Rut se congeló, sin estar preparada para verlo. Ese solo gesto —ese derrumbe— fue como una confesión.

Su garganta se apretó.

—No está arruinado, Mi-Ra.

El cuarto quedó en silencio.

Rut cayó sobre una silla, enterrando el rostro entre las manos.

—No sé cómo arreglar esto —dijo por fin, la voz gastada, apagada—. Pero no podemos seguir así.

El silencio entre ambas fue denso, pesado.

Por fin, Rut levantó la cabeza.

—Yo tampoco sé cómo detenerlo.

26

Justo a las 10 de la mañana, Rut abrió la puerta principal. Dos bolsas de comida para llevar reposaban ordenadas en el pórtico, aún tibias, un tenue hilo de vapor escapando por las costuras del papel—puntuales. El repartidor ya regresaba hacia su auto, dejando el pedido como una ofrenda a sus pies.

Se inclinó para recogerlas. El aroma sabroso del arroz frito y el stir-fry subió para recibirla, rico y reconfortante. Qué extraño, pensó, pedir comida a domicilio a esta hora. Pero después de la noche anterior, nada se sentía normal.

Dos certezas habían echado raíces en su mente. Primera: los dispositivos en los que dependían para vigilar a Mi-Ra eran remiendos débiles en el mejor de los casos—apenas suficientes para contener la tormenta que avanzaba. Segunda: si Mi-Ra iba a sobrevivir, Rut tendría que asumir el cuidado que ella se negaba a darse.

Llevó la comida adentro y dejó las bolsas sobre la barra. Su teléfono ya estaba en la mano. Su pulgar vaciló apenas un latido antes de presionar el nombre de Pablo.

Él contestó al primer timbrazo.

—¿Rut? ¿Qué pasó?

—Algo ocurrió anoche —dijo ella, la voz inestable—. Se estaba ahogando.

Hubo una pausa, su respiración afilada al otro lado.

—¿Intentó quitarse la vida otra vez?

—Creo que sí —admitió Rut—, pero es difícil saberlo. Una vez más, dice que fue un accidente.

—¿Está bien ahora?

—Está bien —susurró Rut, temblorosa pero firme—. Pero pudimos haberla perdido, Pablo. Tenemos que hacerlo mejor.

—Lo sé —respondió él, la voz baja, estable pero cargada de peso—. Dame un tiempo para recoger algunas cosas y veré qué podemos hacer.

Hubo un silencio breve, el leve clic de él moviendo el teléfono como si se preparara para colgar.

—Oh... y Pablo —añadió Rut rápidamente, su voz frágil pero urgente—. Las funciones nuevas que incorporaste en la app... las alertas rojas y amarillas... La salvaste anoche.

El aroma del aceite de sésamo tibio, tostado y rico—irresistible—arrastró a Mi-Ra desde lo más hondo del sueño. Se mezclaba con el toque salobre del alga nori tostada y el mordisco ácido y fermentado del kimchi. Una sinfonía de olores—terrosos, picantes, familiares—la envolvía como una manta muy usada, despertando algo profundo en su pecho. Por un instante fugaz, aún atrapada en la neblina de los sueños, se preguntó si había cruzado al más allá. No nubes ni arpas, sino la cocina de su juventud—un lugar donde Gregario, Juan y JJ la esperaban en la mesa, sonriendo, llamándola a sentarse y comer.

Notas dulces flotaban en el aire—salsa de soya caramelizada mezclada con miel o azúcar morena. Debajo de todo, el ajo y el jengibre anclaban el conjunto en algo inconfundiblemente coreano. Sus ojos parpadearon al abrirse, ajustándose a la luz del sol que se deslizaba tenue entre las cortinas. La realidad regresó, áspera y fría en los bordes. Todavía estaba aquí, en su propio dormitorio. Pero los aromas eran reales. Su estómago gruñó, una rebelión silenciosa contra el entumecimiento que había cargado durante semanas. Apartó la manta y bajó las piernas por el borde de la cama; el piso frío estabilizó sus pasos. Mientras avanzaba hacia la cocina, inhaló profundamente, dejando que el calor de los olores la atravesara, suavizando algo que había permanecido congelado demasiado tiempo.

Al llegar al comedor, la vista la dejó inmóvil...

Un despliegue impresionante cubría la mesa—cuencos humeantes, platos ordenados con cuidado, cada platillo más tentador que el anterior. Parecía algo sacado de una celebración de Chuseok. El *kimchi jjigae* burbujeaba rojo y fragante, su caldo impregnado de col fermentada y cerdo. A su lado, el *bulgogi* en finas láminas brillaba bajo la luz. El *doenjang jjigae* humeaba silencioso, terroso y profundo. Había hojas de alga sazonada, anchoas salteadas y *danmuji* encurtido, cada uno dispuesto con un cuidado casi ceremonial. El *japchae* relucía con aceite de sésamo, fideos brillantes mezclados con vegetales, al lado de un bol de arroz perfectamente domado. Y al final de la mesa, el *tteokbokki* ardía en un rojo brillante.

Durante un largo momento, Mi-Ra se quedó allí, atónita.

Sus ojos se deslizaron hacia Rut, que se movía por la cocina con una precisión silenciosa, enjuagando platos y limpiando superficies.

—¿Esperas visita? —preguntó Mi-Ra, el tono cortante.

—No —respondió Rut sin mirarla—. Somos tú y yo.

Mi-Ra cruzó los brazos.

—No dije que podías llenar mi cocina con todo esto.

—Son tus favoritos —replicó Rut, simplemente.

—¿Mis favoritos? —Mi-Ra resopló—. ¿Y cómo lo sabes?

—Come, no comas... Me da igual —dijo Rut con voz calmada, estable—. Pero aquí está. Y está caliente.

El estómago de Mi-Ra la traicionó, gruñendo con más fuerza esta vez. Miró la comida, el calor tirando de algo que creía enterrado. Hambre, sí—pero también añoranza. Con un suspiro, jaló una silla y se sentó. Frente a ella, Rut tomó un trozo de *japchae* con los palillos, moviéndolos con una gracia inesperada. Mi-Ra la observó, sorprendida. Ni siquiera JJ—with toda su destreza y esfuerzo—había logrado dominarlos. Su resentimiento palpitante se suavizó en curiosidad.

—¿Sabes usar palillos? —preguntó, con un tono menos mordaz del que pretendía.

Rut levantó la mirada, una leve sonrisa asomando en sus labios.

—Juan me enseñó. Quise aprender antes de que me invitaras a cenar.

La mirada de Mi-Ra cayó sobre su cuenco. El olor era reconfortante. La comida estaba caliente. Pero la culpa ascendió, oprimiendo su apetito. Recordó claramente aquella cena—cómo había criticado a Rut por todo: la manera en que pronunciaba *galbi*, la manera en que sonreía demasiado. En ese momento había parecido justificado. Ahora, le parecía cruel.

—No lo noté —dijo finalmente, la voz más baja, casi avergonzada.

Los ojos de Rut se alzaron, indescifrables.

—Juan quería que yo me sintiera cómoda, como parte de la familia.

Las palabras quedaron suspendidas en el aire como una acusación no dicha.

Mi-Ra tomó la cuchara, la mano temblando, y la hundió en el *kimchi jjigae* humeante. El aroma—rico, picante, profundamente familiar—ascendió para recibirla. El calor del caldo se extendió por su pecho como una llama lenta y constante, expulsando el frío que se había arraigado en su interior. Por primera vez en semanas, algo atravesó su entumecimiento. Un destello de consuelo. Un recordatorio de que aún podía sentir.

El momento no duró.

—¿De verdad no tienes familia aquí? —preguntó Rut de pronto.

Mi-Ra negó con la cabeza.

—Mi madre y mi padre murieron antes de que yo pudiera recordarlos. Mi abuela murió poco después, pero ella también es apenas una sombra.

—¿Ningún hermano?

—Una hermana. Nos separaron cuando murieron mis padres.

Los ojos de Mi-Ra se desviaron hacia la silla vacía al otro lado de la mesa, deteniéndose allí como si el peso de su mirada pudiera llenarla. Sus labios se curvaron en el más leve intento de normalidad.

—No olvides guardar las sobras en el refrigerador —murmuró, palabras ligeras en la superficie pero pesadas en su intención—. No tiene sentido dejar que tanta comida se desperdicie.

Fijó la vista en el pasillo, deseando en silencio que JJ apareciera—que entrara arrastrando los pies, se sentara a su lado y comiera. Compañía que no fuera Rut. Pero el silencio se extendió, inquebrantable, y al fin volvió la cabeza hacia Rut, el rostro endurecido por la resignación.

—¿Juan te contó alguna vez cuando JJ casi quemó la casa? —preguntó, un tenue hilo de diversión entrelazándose en su voz, suavizando sus bordes.

—¿Cuál de las veces? —soltó Rut con una risa.

Los ojos de Mi-Ra se entrecerraron.

—¿Qué se supone que significa eso?

La sonrisa de Rut titubeó.

—Solo quise decir... que suena como algo que JJ haría.

Mi-Ra exhaló, la tensión aflojándose.

—Fue justo antes de que empezaras a salir con Juan. JJ quiso sorprender a la familia friendo un pavo en el porche trasero. Pero puso la freidora demasiado cerca de la casa.

—Espera... ¿por eso el porche se ve más nuevo que el resto de la casa?

Mi-Ra asintió, una sonrisa tenue tirando de sus labios.

—Juan mantuvo el fuego a raya con una manguera hasta que llegaron los bomberos. Estaba cubierto de hollín... pero no se separó de JJ ni un segundo.

—¡No puede ser! —exclamó Rut.

—Nos hizo jurar que nunca se lo diríamos a nadie. Dijo que moriría de vergüenza.

Por un instante, Mi-Ra casi pudo oler la madera chamuscada, escuchar las sirenas, sentir el calor. Lo que una vez fue desastre se había convertido en historia de familia—símbolo de amor envuelto en imperfección.

Su mirada cayó sobre el logotipo del restaurante: *Seoul Spice*.

—El menú está en coreano. ¿Cómo supiste qué pedir? —preguntó, dejando la cuchara a un lado.

—Juan y yo íbamos mucho. Casi cada semana —dijo Rut con voz nostálgica.

—Pero está a la vuelta de la esquina —respondió Mi-Ra, el tono más áspero de lo que pretendía.

Rut no se inmutó.

—Él decía que le encantaba comer ahí desde niño.

La mandíbula de Mi-Ra se tensó, el duelo transformándose en un golpe de irritación.

—¿Para qué malgastar dinero? —soltó—. ¿Por qué no venir aquí a comer?

Rut bajó la cabeza.

—Olvida lo que pregunté —murmuró Mi-Ra.

Rut revolvió el *japchae* con suavidad, movimientos cuidados, casi reverentes.

—¿Te vas a comer eso? —preguntó Mi-Ra, sorprendida por su propio tono.

—Sí —asintió Rut—. Es mi platillo favorito.

El pensamiento inquietó a Mi-Ra más de lo que quiso admitir. No sabía qué era más perturbador: que a Rut le gustara el tofu... o que ella nunca se hubiera molestado en preguntarle.

—Les pedí que reemplazaran la carne —añadió Rut rápidamente—. Espero que esté bien.

Mi-Ra notó el leve temblor en las manos de Rut, la línea rígida de sus hombros. No solo comía: navegaba un campo minado. Su mirada se posó en las delicadas tiras de huevo encima de los fideos.

—¿Comes huevo?

—Sí —respondió Rut—. Muchos vegetarianos lo comen. No soy vegana—aunque lo fui por un tiempo.

Las palabras se derramaron, ansiosas, casi desesperadas por conectar.

—Basta de mí. ¿Estás bien? Ya sabes... dadas las circunstancias.

Los dedos de Mi-Ra fallaron, y el palillo cayó. Golpeó el borde de porcelana con un *clack* agudo, luego rebotó sobre la mesa antes de caer al suelo. El sonido hueco pareció resonar demasiado fuerte en el silencio, cortando la habitación como cristal que se astilla.

—He tenido suficiente —dijo Mi-Ra, poniéndose de pie.

Las palabras se ahogaron en su garganta cuando miró hacia abajo.

Sus calcetines estaban mojados.

LA LLORONA: EL DESPERTAR

Un rastro fino de agua brillaba sobre las tablas del piso, serpenteando hacia el pasillo—ondulante, sinuoso. Como si algo hubiera reptado por allí.

Y entonces lo oyó.

Tic...

Tic...

Tic...

Cada gota caía con precisión quirúrgica—lenta, deliberada. No provenía de la cocina. Ni del fregadero.

Detrás de ella.

Se volvió, pero no vio nada. Aun así, el aire había cambiado: más espeso, saturado. Pesado con olor a moho y algo más antiguo. Incluso el zumbido del refrigerador pareció apagarse, engullido por el goteo insistente, como si la casa hubiera enmudecido para escuchar.

Su piel se erizó. Porque ya no era solo agua.

En el ritmo de esas gotas, *casi podía oírlo*—algo parecido a una voz. No palabras. No todavía. Pero intención.

Una presencia justo más allá del velo.

Algo estaba allí...

Y la recordaba.

27

Pablo deslizó su gafete por el escáner. El dispositivo zumbó y luego se desbloqueó con un clic mecánico suave. El sonido resonó en la quietud—clínico, preciso—como si el edificio hubiera exhalado y le concediera entrada.

Abrió la puerta y dio un paso dentro. El aire era estéril, cargado con el leve olor metálico de la electrónica y el mordisco tenue del limpiador industrial. Su acceso 24/7 no era un privilegio; era una correa. Emergencias, arreglos de último minuto, plazos imposibles... nada de eso obedecía a un horario de nueve a cinco. Si alguien lo veía allí hoy, no pensaría nada extraño.

Sus pasos avanzaron por el pasillo, ecos arrastrándose entre filas de cubículos que parecían una ciudad dormida—monitores apagados, escritorios abandonados, silencio asentándose como polvo.

Era en estas horas vacías cuando su hermano regresaba a él. La punzada nunca se iba; simplemente esperaba en las esquinas, paciente, lista para atacar cuando el mundo se calmaba lo suficiente para que la memoria se colara. A veces era misericordiosa, suavizada por la nostalgia. Otras veces ascendía como una ola traicionera, implacable, aplastante, arrastrándolo bajo el peso de todo lo no dicho, todo lo no hecho.

Pero siempre estaba allí.

A diferencia de Mi-Ra, no hubo intentos fallidos. No hubo señales de alerta. No hubo pausa. No hubo ventana para intervenir. El arma que su hermano eligió no dejó espacio para segundas oportunidades. Una brutalidad tan definitiva no cede, no perdona.

Pablo había pasado incontables noches reproduciendo todo—conversaciones, textos, fragmentos minúsculos de memoria—buscando señales que pudiera haber pasado por alto. Una palabra. Una vacilación. Una grieta en el tono. Cualquier cosa. Pero no hubo gritos de auxilio, ni alarmas sutiles que él reconociera. Nada. Ni un momento al que pudiera señalar y decir: *Ese fue. Ahí era. Ahí pude haberlo detenido.*

Cruzó el pasillo y entró al laboratorio—un lugar que siempre le había parecido otro mundo, vibrando con un sentido de propósito fabricado. El aire picaba ligeramente, cargado del olor metálico del estaño y de plástico chamuscado, el aroma rancio de carcasas calentadas más allá de su vida útil.

A lo largo de las paredes, estantes en orden rígido, cada contenedor etiquetado con meticulosa precisión—resistencias, cables, microchips—ordenados hasta el punto de la obsesión. Pero el centro del cuarto era caos: mesas de trabajo sepultadas bajo prototipos a medio ensamblar, cables enredados en nudos imposibles, herramientas abandonadas a mitad del pensamiento. Parecía menos diseño y más una mente inquieta derramada para que todos la vieran.

Tomó una caja de archivo desgastada, arrinconada bajo la pata de una mesa de trabajo, sus bordes de cartón suavizados por el uso. Una por una, comenzó a llenarla con todo lo que pensó que podría resultar útil—carretes de cable, sensores de precisión, placas de circuito.

Sus manos se movían rápido, guiadas más por instinto que por un plan. Sabía por experiencia que la innovación rara vez seguía una línea recta; exigía materia prima, opciones, la libertad de alcanzar algo en el preciso momento en que hiciera falta.

Sus ojos se detuvieron en un objeto medio enterrado bajo un montón de cables descartados. El dispositivo de bloqueo por encendido lucía fuera de lugar entre los instrumentos de precisión y los sensores médicos. Carcasa negra mate, del tamaño aproximado de una radio portátil, con una pequeña pantalla LED y una boquilla en espiral sobresaliendo de un extremo. Estaba construido para ser resistente—plástico utilitario, sin pulido, sin marca. Un prototipo que nunca había estado destinado a producción masiva. Pablo lo había obtenido años atrás, moviendo hilos para que lo aprobaran bajo el pretexto de "investigación interdisciplinaria".

—Lo que estoy proponiendo es sencillo —dijo Pablo, de pie en la cabecera de la larga mesa de conferencias de cristal.

El proyector detrás de él bañaba sus diapositivas en una luz azul estéril, proyectando reflejos tenues sobre la superficie lacada. Sostenía el control remoto en una mano, la otra apoyada firmemente contra la mesa, como si necesitara afianzarse. Filas de ejecutivos trajeados se alineaban frente a él, sus expresiones impenetrables: algunos miraban a través de él, otros deslizaban el dedo por sus tabletas con desinterés. Si era apatía o ignorancia, Pablo no podía distinguirlo.

—Adaptar y hacer ingeniería inversa a la tecnología dispositivo de interbloqueo —originalmente diseñada para impedir que conductores intoxicados encendieran sus vehículos— para convertirla en un sistema de salvaguarda más amplio, capaz de ejecutar intervenciones en tiempo real.

Pablo extendió la mano hacia la mesa y levantó el dispositivo de interbloqueo como si fuera una pieza de exhibición, sosteniéndolo bien visible para la junta. El prototipo parecía pequeño contra el brillo del vidrio y el cromo pulido a su alrededor: una carcasa raspada, una boquilla en espiral, el resplandor tenue de su pantalla LED. No era elegante ni estaba listo para el mercado, pero en la mano de Pablo se sentía como prueba.

Una tos. El roce de alguien acomodando su silla.

—Continúa —dijo por fin Ethan, su voz suave pero cortante.

Pablo asintió y pasó a la siguiente diapositiva.

—Bueno, en esencia, el dispositivo podría reconocer señales biométricas y situacionales, y responder automáticamente. En un secuestro de vehículo, por ejemplo, podría apagar el motor de forma remota, inmovilizando el automóvil antes de que cruzara una intersección.

Silencio.

—O, si un niño quedara accidentalmente encerrado adentro con las llaves, el sistema podría anular los seguros desde dentro, abriendo las puertas en segundos.

Más silencio. El golpeteo leve de un bolígrafo.

—En caso de que un niño fuera olvidado en el asiento trasero, podría encender el auto por sí mismo, activar el aire acondicionado y enviar una alerta al teléfono del padre... comprando minutos valiosos que podrían significar la diferencia entre la vida y la muerte.

Ni un parpadeo de interés al otro lado de la mesa.

Exhaló, la voz tensándose.

—Todas estas salvaguardas, y más, podrían existir en un solo producto.

Pablo desvió la mirada hacia Ethan, rompiendo la fachada educada de presentar al conjunto.

—Ethan —dijo, con la voz firme pero cargada de frustración—, no estoy hablando de mecánica cuántica. Esto es sencillo... está perfectamente a nuestro alcance.

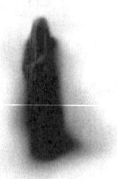

Allí estaba el dispositivo de interbloqueo, acumulando polvo en las sombras del laboratorio. Un recordatorio de cuántas veces le habían dicho que no. Pablo se inclinó, desenrollando los cables que lo rodeaban. El dispositivo se sentía más pesado de lo que recordaba, su peso denso en la palma—como una reliquia de fracaso y de posibilidad desaprovechada. Sin dudarlo, lo añadió a la creciente pila dentro de la caja.

Acomodó la caja entre sus brazos, ajustando el peso contra su pecho. Iba ya a mitad del camino hacia la puerta cuando algo en el estante inferior atrapó su atención: una pequeña caja cubierta de polvo, empujada detrás de un montón de monitores obsoletos. Se agachó, la sacó... y soltó una carcajada incrédula.

Un único procesador cuántico.

La joya que Ethan había presumido durante la entrevista, pregonando que BabyTek estaba "altamente invertida en tecnología cuántica" como si fuera evangelio. Y ahí estaba: no en un laboratorio seguro, no en un ambiente controlado, ni siquiera bien almacenado... solo allí, a la vista, olvidado, acumulando polvo como una reliquia de feria científica. Pablo lo sostuvo un momento, estudiándolo, antes de recogerlo. El peso era extrañamente decepcionante para algo que habían vendido como el futuro. Lo devolvería, por supuesto. Pero ahora mismo era más útil en sus manos—como posibilidad—que pudriéndose en un estante.

Con manos firmes, tomó la caja con todo su botín.

—Casi lo olvido —murmuró, retrocediendo unos pasos.

Abrió un cajón etiquetado "Sensores". Dentro había un revoltijo de piezas y empaques—algunos usados, otros intactos. Hurgó entre el desorden hasta que su mano se cerró sobre un contenedor sellado al vacío, su plástico tirante y brillante bajo las luces del laboratorio. Un módulo de sensor nuevo, sin estrenar. Lo dejó caer dentro de la caja junto con todo lo demás.

Al acercarse a la salida, su mirada tropezó con los carteles brillantes pegados a lo largo de la pared—las auto-felicitaciones de BabyTek en letras grandes y sellos dorados relucientes.

"Innovación que salva vidas", proclamaba uno.

"Tecnología que define el mañana", anunciaba otro.

Un bufido sin humor se escapó de su garganta, mientras la mandíbula se le tensaba al frenar el paso.

Sacudió la cabeza, un amargor demasiado afilado para tragarlo.

—Idiotas de mierda —murmuró.

28

Rut abrió la puerta principal, los músculos temblando como si el simple acto pesara más de lo debido. La puerta ofreció resistencia—no por la madera ni por las bisagras, sino por ella. El cansancio de las últimas veinticuatro horas arrastraba cada movimiento, grabado en las líneas de su rostro. Se aferraba a su piel como maquillaje aplicado demasiado espeso, acumulándose en los pliegues, apagando sus ojos en un brillo opaco y agotado. Cada hora sin dormir se había asentado allí—capa tras capa de tensión, miedo y duelo—hasta que lo llevaba como una máscara que ya no podía quitarse.

—Pablo —dijo, con un hilo de alivio marcando la forma en que su nombre salió de sus labios.

Su mirada pasó del maletín colgado de su hombro a la caja entre sus manos.

—Viniste preparado.

Se hizo a un lado, invitándolo a entrar.

Pablo cruzó el umbral en silencio, midiendo cada paso, como si incluso la casa exigiera pisadas más suaves. Rut cerró la puerta tras él, el clic del pestillo resonando en el silencio, y sin decir palabra se giró y lo condujo por el pasillo.

Las bisagras gimieron cuando empujó la puerta del garaje. La luz del sol se filtró por la ventana angosta, cortando el concreto en una franja brillante. Pablo dejó la caja sobre el banco de trabajo con un golpe sólido—un sonido demasiado fuerte en el silencio, como una señal de que estaban entrando en terreno peligroso.

—¿Qué tienes aquí? —preguntó Rut, inclinándose.

—Ya sabes, un poco de todo.

Rut soltó una pequeña risa.

Pablo se detuvo, levantando la mirada, el ceño fruncido.

—¿Dije algo gracioso?

Ella negó con la cabeza, sonriendo con leve vergüenza.

—Perdón... pensé que era un chiste. Ya sabes, un pequeño "bit". Los ejecutivos en el trabajo están obsesionados con chistes tecnológicos; no sobreviven una reunión sin uno.

—Oh, lo sé —dijo él, con un resoplido mientras dejaba otra placa de circuito sobre el banco.

Ella observó sus manos moverse con la facilidad de quien ha repetido ese gesto cientos de veces—sacando cables, sensores, placas prototipo. Manipulaba cada pieza con la precisión de alguien que ya había recorrido este camino.

Rut metió la mano en la caja y sacó un dispositivo con carcasa negra mate, su boquilla en espiral atrapando un destello de luz. Lo examinó, volteándolo entre los dedos.

—¿Qué es esto?

—El dispositivo de interbloqueo del que te hablé.

Un destello de reconocimiento cruzó sus ojos.

—Cierto—la propuesta que nunca despegó.

Lo dejó con cuidado, y entonces su mirada se posó en algo desconocido: un chip plano y cuadrado del tamaño de su palma, enredado con delicadas líneas doradas, moteado de polvo bajo su cubierta transparente. Señaló con el dedo, el ceño fruncido.

—¿Qué es eso? ¿Un procesador de computadora?

Los ojos de Pablo se iluminaron, esa chispa que solo había visto cuando él olvidaba contenerse.

—Sí... pero no cualquier procesador. Un procesador cuántico individual.

LA LLORONA: EL DESPERTAR

Su voz subió, brillante de energía, su mano suspendida sobre el estuche como si fuera algo sagrado.

—Ordinario a simple vista, extraordinario en lo que contiene.

Rut lo observó, sorprendida por la reverencia en su tono. Para ella parecía un pedazo de metal polvoriento, pero en la mirada de Pablo se volvía algo vasto, vivo—como si estuviera parado al borde del descubrimiento, invitándola a verlo también.

—¿Conoces algo de tecnología cuántica? —preguntó él.

—Eso espero —replicó—. Tomé un curso de posgrado.

La verdad era que su conocimiento provenía más de teoría que de práctica, residuos de noches largas enterrada en estudios avanzados. Sabía lo suficiente para entender que la tecnología cuántica ya estaba transformando la salud: sensores capaces de detectar enfermedades antes de que aparecieran síntomas, sistemas de cifrado que desafiaban violaciones convencionales, modelos que procesaban probabilidades a velocidades impensables para los ordenadores clásicos.

Sus instintos le decían que esos principios podían doblarse hacia cualquier problema. Eran los mismos instintos que la habían guiado por salas llenas de expertos engreídos y autoproclamados genios—hombres que hablaban en siglas y ego, que confundían volumen con visión. Había aprendido a navegar sus interrupciones, a sobrevivir el campo minado de la política de oficina con una paciencia afilada como cuchilla.

Pero el instinto ya no bastaba.

Necesitaba a Pablo—para tender el puente entre la teoría y la realidad, para convertir lo abstracto en algo que pudiera tocar, confiar... y sobrevivir.

—¿Cómo planeas usarlo? —preguntó.

Pablo se apoyó en el banco, las manos a cada lado del procesador.

—Vamos a usarlo para potenciar el modelo que desarrollaste—tu modelo, pero en esteroides —dijo—. Combinado con sensores cuánticos, podremos detectar cambios en la fisiología de Mi-Ra tan sutiles que ni siquiera registran en dispositivos convencionales: microfluctuaciones en la oxigenación, variabilidad en el ritmo cardíaco, microtemblores antes de que el cuerpo actúe. Si lo sumamos a imágenes entrelazadas para el render, obtenemos un sistema capaz de marcar una probabilidad en tiempo real.

—Entonces... ¿dices que podría registrar cosas que aún no han pasado?

Él asintió, firme.

—No solo lo que no ha pasado. Lo que fue, lo que es y lo que será—todo a la vez.

Otro destello de reconocimiento.

—Correlación cuántica —murmuró Rut—. El tiempo deja de ser lineal.

—Exacto —dijo Pablo, con la sombra de una sonrisa en los labios—. Los patrones se revelan entre puntos de datos pasados, presentes y futuros—simultáneamente.

Rut crujió los nudillos, el sonido seco rompiendo el silencio del garaje, y luego inclinó la cabeza hacia un lado hasta que el cuello le tronó, preparándose para otra noche larga. El peso de la tarea se apilaba sobre sus hombros, pero se obligó a mantenerse firme. Bajó la barbilla, estirando la parte trasera del cuello.

Su mirada se detuvo en el detector de monóxido de carbono montado en la pared. Al principio no fue más que un objeto más, un accesorio que no había notado antes. Luego llegó el pensamiento, oscuro e inmediato:

¿Y si Mi-Ra intenta encender el carro en el garaje con la puerta cerrada?

—Pasé por la tienda más temprano —dijo Pablo, revolviendo en la caja.

Sacó un paquete rectangular envuelto en plástico brillante y lo lanzó sobre el banco.

Rut lo atrapó, el peso sólido entre sus manos. La etiqueta decía:

"Detector Inteligente de Monóxido de Carbono."

—Está diseñado para abrir la puerta del garaje en cuanto detecta niveles elevados de monóxido —explicó Pablo—. Sin desarrollo adicional. Listo para instalar.

Se apoyó hacia atrás, ya buscando otro componente.

—También puedo instalar el dispositivo de interbloqueo en el coche de Mi-Ra para que se apague si detecta monóxido en otro lugar—no solo en el garaje.

Rut negó rápidamente.

LA LLORONA: EL DESPERTAR

—No. Ella no ha manejado desde que Greg se fue. Es un escenario improbable.

Pablo abrió la boca para insistir, su voz entrando en el modo ingeniero, esa seguridad técnica que no sabía detenerse.

—Puedo integrar el dispositivo de interbloqueo con GPS para—

—Pablo —lo interrumpió, más brusca de lo que quiso—. Déjalo.

El silencio que siguió se tensó entre los dos, pesado.

—Perdón por hablarte así —dijo al fin, más suave.

—Está bien. En serio —respondió él.

Otro silencio.

El zumbido de la lámpara del garaje llenó el espacio donde ninguna palabra cabía.

—Hijo de puta —murmuró Rut de repente, la idea golpeándola con fuerza.

—¿Qué pasó? —preguntó Pablo.

—Voy a tener que reemplazar los sensores en los calcetines de Mi-Ra, ¿no?

Le sostuvo la mirada y exhaló por la nariz, resignada.

Pablo metió la mano en la caja y levantó un estuche sellado al vacío, el plástico crujiente entre sus dedos. Lo sostuvo entre ellos, girándolo hasta que la etiqueta captó la luz.

—Dijiste que tendríamos tiempo para iterar —recordó, con un brillo satisfecho en su voz.

29

El sol apenas había desaparecido bajo el horizonte cuando Rut volvió a entrar en la casa. El silencio la envolvió, pesado y atento, mientras sus ojos se deslizaban hacia el vaso de agua que esperaba sobre la mesa de centro.

El leve crujido de la puerta del dormitorio de Mi-Ra fue lo bastante agudo para ponerla de pie de inmediato. Su cabeza giró hacia el pasillo.

Mi-Ra salió arrastrando los pies, su figura enmarcada por la luz tenue mientras se dirigía al baño.

Con el corazón retumbando, Rut tomó el vaso—apenas un sorbo de agua agitándose en el fondo. Moviéndose rápido, sin hacer ruido, avanzó por el pasillo y derramó la delgada hilera sobre el azulejo justo dentro del umbral. Luego corrió de vuelta a la sala, escondiéndose del campo de visión.

"*Perdón, Gizmo,*" murmuró entre dientes.

La puerta del baño volvió a crujir al abrirse.

—¡Ay, Toñio, por favor! —la voz de Mi-Ra resonó, aguda y brusca.

Rut se incorporó, fingiendo sorpresa, y se apresuró hacia ella.

—Oye, ¿qué pasa?

Mi-Ra frunció el ceño, el tono cargado de irritación.

—Mis calcetines están mojados.

—Dame un segundo —dijo Rut, ya girándose.

Regresó unos momentos después con un par limpio, extendiéndolo como si nada fuera extraño.

—Aquí tienes —dijo, ocultando una sonrisa.

Mi-Ra arrancó los calcetines de su mano y se dio la vuelta sin una palabra, los hombros tensos mientras avanzaba por el pasillo hacia su habitación.

La sonrisa de Rut permaneció esta vez, ya sin esconderse. Su plan había funcionado—aunque no exactamente como lo imaginó. Aun así, la pequeña victoria se asentó sobre ella como un destello de calidez contra el frío, incluso mientras el silencio de la casa volvía a cerrarse sobre ambas.

Se dirigió a la puerta, la empujó y salió al silencio fresco del garaje.

—Logré que Mi-Ra se pusiera un par de calcetines nuevos—los que tienen los sensores cuánticos —anunció, cerrando la puerta tras ella.

Al otro lado del garaje, Pablo estaba encorvado sobre su laptop, el brillo de la pantalla dibujando ángulos marcados en su rostro. Sus dedos volaban sobre las teclas, rápidos y exactos, su atención fija en un flujo de números y gráficas que ella no podía descifrar.

—¿Cómo lograste eso? —preguntó él, sin levantar la vista mientras ajustaba un dispositivo en la mesa desordenada.

Rut permitió que una sonrisa mínima se asomara.

—Dejé un pequeño derrame en su camino. Pensé en dejar que Gizmo cargara con la culpa.

—Buena idea —respondió Pablo.

Ella se encogió de hombros.

—Curiosamente, se lo echó a Toñio.

—¿Por qué será? —preguntó Pablo.

Ella volvió a encogerse.

—Memoria muscular, quizá. Suena a algo que Toñio haría.

Levantó el detector de monóxido de carbono recién desempaquetado y se agachó, encajándolo en el sitio donde el antiguo había sido retirado. Con un giro firme, el nuevo dispositivo encajó en su lugar. Le dio un tirón para asegurarse de que estuviera bien seguro, el plástico frío y rígido bajo sus dedos.

—¿Cómo vas por allá? —preguntó, todavía agachada mientras ajustaba el detector por última vez.

—Casi termino —respondió Pablo.

Entonces algo se movió en el borde de la visión de Rut...

Un brazo, pálido e insustancial. Se extendía con lenta inevitabilidad, su mano abriéndose junto a ella.

No Pablo.

Rut giró la cabeza despacio, como arrastrada por el miedo.

Su aliento se atoró.

—*Juan* —susurró, el pánico estallando en su pecho. La palabra apenas salió de sus labios antes de que sus rodillas cedieran.

Pablo la atrapó, estabilizándola por el brazo.

—¿Estás bien? ¿Qué pasó?

Su voz estaba cerca, urgente, pero la mirada de Rut permanecía fija en la pared.

Juan seguía allí.

Parpadeando. Su silueta se interrumpía y recomponía, el brazo alzado hacia el detector de monóxido como si estuviera atrapado en una tarea inconclusa.

Los labios de Rut temblaron.

—¿Tú... tú también lo estás viendo?

—Lo veo —dijo Pablo, su tono firme, controlado—demasiado controlado.

Las lágrimas brotaron, calientes, nublándole la vista. Extendió una mano a ciegas hacia Pablo, aferrándose a su manga, necesitando algo sólido que la sostuviera.

La mirada de Pablo no abandonó la figura parpadeante. Su mandíbula se tensó, un músculo moviéndose como si odiara lo que estaba por decir.

—Escúchame, Rut. No es Juan. Es un paquete fantasma.

Las palabras le golpearon como estática—mitad significado, mitad ruido. Rut negó, luchando por recuperar el aliento.

—¿Un... paquete fantasma? No... no entiendo.

Pablo volvió al banco de trabajo, sus dedos deslizándose sobre el touchpad. En la pantalla, líneas de datos cascadaban, pulsando lo bastante brillante para proyectar patrones temblorosos sobre las paredes. Las formas espectrales se distorsionaban en la luz, reflejos de algo que ella no podía nombrar.

Él señaló la pantalla.

—Está siendo proyectado —dijo con firmeza—. Una grabación. Fragmentos de eventos pasados filtrándose. Eso es todo.

Una grabación.

Las palabras resonaron en su mente, frágiles, imposibles.

Pero la cabeza de Juan se había inclinado. Sus ojos habían buscado los suyos.

Ella *sabía* lo que había visto, y el peso de ello se aferraba a su piel como escarcha.

—Mira, ha sido un día muy largo. Ve a descansar. No me falta mucho —dijo Pablo.

Rut asintió, vacía, su mirada perdida, como si su cuerpo respondiera sin permiso de su mente.

—¿Tienes un juego de llaves extra? Puedo cerrar cuando me vaya —preguntó Pablo.

Rut volvió a asentir, la voz plana, automática.

—Puedes usar las de Toño.

Incluso al decirlo, sus pensamientos seguían enredados, atrapados en la imagen imposible que aún ardía contra la pared como un negativo persistente que no podía borrar.

30

Mi-Ra yacía en su cama, el rostro hundido en la almohada. El dolor en el estómago se había atenuado después de la comida, pero el calor nunca llegó a su pecho. Allí, el frío seguía intacto.

La comida no había sido más que un gesto—una obligación disfrazada de amabilidad. Ella lo sabía bien. Años de cenas por insistencia de Juan habían exigido cortesía con los dientes apretados.

Pero Rut no era familia. No estaba unida a Mi-Ra por sangre ni soldada a ella por el pegamento sagrado y abrasador de la pérdida. Rut no había visto la luz desaparecer de los ojos de Toñio el día que Greg murió. No había sentido el crujido de un mundo partiéndose en tiempo real. Rut no había enterrado a un hijo.

Ninguna comida caliente ni ropa doblada podía reescribir esa verdad. Rut seguiría adelante. Y cuando el peso de la obligación superara al de la comodidad, se iría.

Mi-Ra había estado esperando esa partida mucho antes de que Juan muriera. Cada año sin un embarazo hacía más agudo el silencio, y nunca pudo acallar el pensamiento que intentó enterrar con tanta fuerza:

Algún día Rut se irá. Y nadie la culpará.

Encontraría a alguien que pudiera darle lo que Juan no pudo—alguien capaz de llenar el vacío con rodillas raspadas, velitas de cumpleaños, risas. Un futuro que Mi-Ra misma alguna vez había dado por hecho.

Ese pensamiento desenterró algo mucho más profundo—un recuerdo doblado con precisión, sellado en sombra. Un secreto que había prometido no revelar jamás.

Juan había nacido con criptorquidia. Un testículo no descendido. Los médicos lo detectaron temprano, lo trataron, y la tranquilizaron: nada de qué preocuparse, dijeron. No era garantía de infertilidad. Solo un riesgo.

Pero para Mi-Ra, había sido suficiente.

Gregario lo desestimó con su calma habitual, entrelazando sus dedos con los de ella.

—Está sano —dijo con convicción tranquila—. Eso es lo único que importa.

Pero sí había importado para Mi-Ra. La verdad se alojó como una piedra detrás de sus costillas—callada, inmóvil, siempre presente. Pesada en su silencio.

Nunca se lo dijo a Juan. En cambio, rezó. Esperó. Desesperó por escuchar una palabra que ahora estaba completamente fuera de su alcance:

Halmeoni.

Sus dedos rozaron la foto en la mesa de noche. El marco estaba frío bajo su tacto, anclándola. Dentro, rostros familiares le sonreían—congelados para siempre, intactos ante la pérdida.

Un sonido la arrancó del recuerdo: pasos en el pasillo—suaves, amortiguados, inconfundibles. Su corazón dio un salto.

Toñio por fin salió de la cama.

Los pasos eran ligeros, sin prisa, con el ritmo fácil que ella conocía desde sus primeros pasos tambaleantes. No el golpe pesado y torpe de los pasos de Rut, siempre demasiado ruidosa, demasiado presente. Esos pasos le pertenecían a él.

Por fin salió de la cama.

Se levantó demasiado rápido, casi tropezando mientras corría hacia la puerta. Con los dedos apretados alrededor del pomo, la abrió de un tirón, desesperada por atraparlo, para regañarlo por escabullirse y dejarla sola con Rut en la mesa.

—¿Toñio? —su voz se quebró en el nombre, cruda con esperanza y acusación.

El pasillo se extendía ante ella, vacío.

—Sé que estás enojado —dijo, la voz temblando—. Tienes todo el derecho. Nunca debí pedirte que dejaras la casa ese día.

Las palabras flotaron en el aire como un globo suelto, suspendiéndose un instante antes de caer en la quietud. Nadie las recogió.

Esperó. Aguzó el oído. Lo quiso escuchar responder. Pero solo estaban el zumbido del calentador, el crujir ocasional de la casa antigua... y luego—el leve *clic* de una puerta cerrándose al fondo del pasillo.

Su garganta se apretó.

—Toñio, ya tengo suficiente dolor —susurró, sabiendo que no podía oírla.

Su mirada cayó, pesada, hasta que algo captó su atención en el rabillo del ojo.

Allí. En el marco de la puerta.

Una mancha.

Parpadeó.

No una mancha. Una huella. Pequeña, baja en el marco—exactamente donde Toñio solía apoyarse, desgarbado y ladeado, un calcetín siempre a medio caer, el hombro recargado en la madera mientras la llenaba de historias sin fin.

¿O era de Juan?

Su mano flotó a centímetros, pero no pudo tocarla. La huella no era nítida. Estaba corrida, arrastrada hacia abajo—como si alguien hubiera estado recostado allí... y luego se hubiera deslizado.

Un aliento roto se escapó de su pecho. Un destello surgió bajo sus costillas—dolor, culpa... o tal vez el peso insoportable del amor sin un lugar donde quedarse. Sus rodillas cedieron, el suelo volviéndose incierto bajo ella.

La soledad se cerró desde cada pared, pesada y sofocante. Con los dedos temblorosos, Mi-Ra tomó su teléfono y marcó el número de Toñio. Cuando la línea comenzó a sonar, la absurdidad la golpeó—llamar a alguien cuyo cuarto estaba a solo unos pasos.

Aun así, apretó el teléfono contra su oído, aferrándose a la esperanza de que él contestara.

—Hola —respondió Toñio, cálido y familiar, como si nada hubiera cambiado—. ¿Qué necesitas?

El alivio le atrapó la garganta, y sus labios se abrieron.

—Toñio, ya tuve suficiente de—

Pero su voz se interrumpió, lisa, mecánica:

—Pensándolo bien, déjame un mensaje. O mejor mándame un texto.

Rut avanzó por el pasillo, el teléfono en una mano y una toalla en la otra. Sus pasos fueron disminuyendo hasta detenerse. Palabras tenues comenzaron a flotar hacia ella—la voz de Mi-Ra, baja y firme.

Sus ojos se deslizaron hacia la puerta cerrada de Toñio.

—¿Mi-Ra? —tocó suavemente.

No hubo respuesta.

Rut vaciló un instante, luego alzó un poco la voz:

—¿Estás bien ahí dentro?

Silencio.

Intentó de nuevo, esta vez más suave:

—Voy a darme una ducha, ¿sí?

Un breve silencio... y luego la respuesta plana de Mi-Ra, amortiguada por la puerta:

—¡No me importa!

31

Los ojos de Pablo saltaban entre los monitores encendidos, sus pupilas persiguiendo el flujo interminable de datos que se deslizaban sin descanso. Gráficas pulsaban, biometrías desfilaban, modelos predictivos se recalculaban en tiempo real—un mundo entero de números latiendo bajo su mirada. La mayoría de la gente se ahogaría en él. Pablo lo hilaba de forma instintiva; cada pico y cada caída formaban parte de una historia mayor esperando ser leída. Niveles de oxígeno subiendo y bajando en ritmos frágiles. Bucles de frecuencia cardíaca girando en olas inquietas. Curvas de probabilidad que ascendían y colapsaban como mareas.

Pero una ventana lo mantenía cautivo.

El avatar de Mi-Ra—representado como una réplica casi perfecta—permanecía en el pasillo, frente a la puerta cerrada de su habitación. Inmóvil. Ojos abiertos de par en par. Sin respirar. Ni siquiera un parpadeo.

La quietud se extendía de forma antinatural, como si el tiempo mismo se hubiese detenido a su alrededor.

—¿Por qué estás ahí parada nada más? —murmuró Pablo, inclinándose hacia la pantalla.

Con precisión cuidadosa, empujó la simulación hacia adelante—clic, arrastre, un borrón de cuadros. Sabía que no debía forzarlo. Cuanto más se adentraba en la línea de tiempo, más turbia se volvía. Los futuros ramificados se multiplicaban como grietas en un cristal, cada fractura ensanchando el margen de error, cada astilla una advertencia de perseguir fantasmas en lugar de la verdad.

El modelo se recalculó. El avatar de Mi-Ra parpadeó, disolviéndose del pasillo y reapareciendo en el baño. Flotaba junto al lavabo, los bordes de su figura desdibujándose como mala señal. Luego su contorno se fracturó... y desapareció por completo.

La mirada de Pablo saltó a sus biometrías en tiempo real en la pantalla contigua. Ritmo cardíaco. Presión arterial. Saturación de oxígeno. Planos. Constantes. Sin cambios.

Un viaje al baño—agua del lavabo, una pausa en el inodoro, incluso una ducha breve—tendría que haber alterado algo. Un descenso. Un pico. Alguna señal de movimiento dentro de su cuerpo.

Frecuencia cardíaca constante.

Presión arterial sin variaciones.

Oxígeno en la misma cadencia monótona.

Una voz pequeña sonó a su espalda.

—¿Qué estás haciendo?

Pablo dio un brinco, la silla crujiendo al girarse.

Su hija pequeña estaba ahí, tan cerca que se preguntó cuánto tiempo había estado de pie sin que él la notara. Su perrito de peluche colgaba de una mano.

—Oye, ¿qué haces despierta? —preguntó él.

Los ojos grandes de ella parpadearon hacia él bajo el resplandor tenue de los monitores. Su cabecita se ladeó con curiosidad inocente.

—¿Por qué estás viendo a esa señora?

Pablo exhaló, obligándose a sonreír para suavizar la tensión en su pecho.

—Cariño, no es una señora real.

Podía entender su confusión—el renderizado era demasiado preciso. La forma en que la figura cambiaba de peso, la forma en que las sombras se acumulaban a su alrededor—era fácil confundirlo con una transmisión real.

—¿Es IA? —preguntó ella, con una mezcla de asombro y cautela, como si no estuviera segura de gustarle la idea.

—Cariño, recuerda lo que hablamos —dijo Pablo suavemente.

Los hombros de la niña cayeron, pero su voz cargaba el peso de un ritual, recitándolo como un evangelio:

—La tecnología no hace cosas malas... la gente sí.

Pablo asintió.

—Exacto.

—Parece como si fuera la abuela de alguien.

—Bueno, ella... digo, *eso*, no lo es.

La niña arrugó la nariz.

—Qué aburrido. ¿Por qué lo ves?

—Estoy viendo lo que va a hacer en el futuro.

Sus ojos se abrieron.

—¿Hiciste una máquina del tiempo?

—Algo así —respondió él—. Pero las máquinas del tiempo funcionan con fantasía y magia. Esto funciona con matemáticas y muchos, muchos datos.

Él señaló la pantalla mientras hablaba, su mano cortando el brillo pálido de las gráficas y números en movimiento.

—¿Puede equivocarse? —preguntó ella.

Pablo dudó, luego asintió.

—Técnicamente, sí.

—¿Pero tú puedes arreglarlo? ¿No eres lo suficientemente listo?

Él soltó una risa baja, despeinándole suavemente el cabello.

—Hay cosas que no pueden predecirse con certeza absoluta.

—¿Por qué?

—Es una característica del universo, no un defecto de la tecnología.

—¿Por qué?

Pablo suspiró y miró de nuevo las pantallas. Los números se movían, implacables, indiferentes.

—Te lo explico otro día —dijo con suavidad—. Ahorita tienes que volver a dormir.

Ella vaciló un segundo, luego asintió. Caminó de regreso por el pasillo, su sombra encogiéndose hasta desaparecer.

Pablo regresó la mirada a la simulación.

El avatar de Mi-Ra seguía sin moverse. La predicción la mantenía congelada, rígida frente a la puerta de su habitación.

Su mirada se estrechó. Observó los datos actualizándose en sucesión rápida. Se centró en las biometrías en tiempo real de Mi-Ra.

Su temperatura corporal estaba bajando—solo fracciones de grado... pero cada descenso quedaba registrado con precisión despiadada.

Por un momento, Pablo se cuestionó todo. Tal vez la lectura estaba mal. Había visto fallas mucho más extrañas. Pero los diagnósticos contaban otra historia. Fluían en verde, seguros, cada marca afirmando la misma certeza cruel: sin pérdidas de paquetes. Sin errores. Sin corrupción en la señal.

Tomó el teléfono y llamó a Rut.

Ella contestó en el primer timbrazo.

—¿Hola? —su voz sonaba cortante, un poco agitada.

—Oye, ¿qué está pasando ahí? —preguntó él.

—Nada, ¿por qué?

—La temperatura de Mi-Ra está un poco baja.

—¿Ah sí? No recibí ninguna alerta. —Pablo escuchó el siseo del agua de fondo: la regadera golpeando el azulejo.

—Está dentro del parámetro aceptable, pero aun así—

Rut lo interrumpió.

—Acabo de verla; está bien. Te aviso si algo cambia.

—Espera, ¿estás en la ducha—?

La llamada se cortó.

Pablo dejó el teléfono, pero el desasosiego seguía colgado de él como niebla espesa. Algo no estaba bien. La sensación persistía—familiar, insistente. Como un tirón en el espíritu que no podía ignorar.

Necesitaba saber qué hacía Mi-Ra—no su avatar, sino Mi-Ra de verdad.

Levantó el teléfono y marcó de nuevo.

Nada.

Pablo vaciló, los ojos fijos en los monitores. Su mandíbula se apretó.

—Momento de romper el vidrio —murmuró, y forzó la orden en la interfaz.

LA LLORONA: EL DESPERTAR

La transmisión en vivo chisporroteó al encenderse, la pantalla parpadeando mientras la imagen tomaba forma.

Sus ojos saltaron entre la transmisión y la simulación.

La hora en la señal: 11:16 p. m.

Mi-Ra estaba exactamente donde el modelo la había colocado—de pie frente a su puerta, callada, inmóvil, el rostro medio tragado por la sombra.

La simulación avanzaba a las 11:19 p. m. Tres minutos en el futuro.

El avatar de Mi-Ra se deslizó por el pasillo, sus movimientos lentos, fluidos—más aparición que cuerpo. Sus pies apenas tocaban el piso, cada paso disolviéndose en el siguiente, como si la gravedad no alcanzara a sostenerla.

La luz del techo parpadeó sobre su figura, pero su sombra nunca lograba seguir el ritmo; siempre llegaba tarde, distorsionada, como un eco roto.

Pablo tecleó, purgó el caché residual. El sistema parpadeó. Reinició.

Él cruzó los brazos, esperando mientras la simulación volvía a encenderse.

El avatar de Mi-Ra avanzó hacia la esquina del garaje. Ahí se inclinó, bajando como para sentarse. Una silla apareció y desapareció—glitcheando como archivo corrupto, sus bordes disolviéndose en estática.

Pablo estuvo a punto de refrescar la simulación cuando la imagen se estabilizó.

Mi-Ra aparecía sentada... *flotando* en el aire, la espalda recta, los pies colgando, como si la gravedad hubiera decidido soltarla.

Sin silla. Sin soporte. Su postura desafiaba la física, congelada.

Pablo parpadeó, un escalofrío agrietando su concentración.

—Jesucristo —murmuró, empujando la silla hacia atrás—. ¿Qué demonios estoy viendo?

Forzó su mano de vuelta al mouse, arrastrando la línea de tiempo hacia adelante—lejos de esa imagen imposible, lejos de la visión de ella flotando—hasta el panel de signos vitales.

Su respiración se detuvo cuando leyó los valores predichos:

Pulso: 0 lpm

Respiración: ninguna

De acuerdo con el modelo cuántico...

Mi-Ra ya no estaba.

Rut permanecía bajo la regadera, el agua hirviendo golpeando su piel, arrancándole algo más que sudor y suciedad. Le raspaba el cansancio incrustado en los huesos, ese que se había colado sin que ella lo notara y había echado raíces demasiado profundas.

El chorro golpeando su cuerpo se volvió ruido blanco, ahogando el murmullo constante de temor que zumbaba en su mente. Echó la cabeza hacia atrás, los ojos cerrados, dejando que el calor se hundiera en sus músculos. Nudos que había cargado tanto tiempo que se habían vuelto invisibles empezaron a deshacerse, cada dolor encendiéndose al liberarse. El agua recorría su columna en hilos lentos, casi hipnóticos... susurrándole que soltara, que olvidara, que desapareciera.

Su mirada derivó hacia el borde de la tina. Entre el desorden yacía una botella polvorienta de acondicionador, abandonada junto a una rasuradora, una lata vacía de crema para afeitar, unos guantes exfoliantes endurecidos por el abandono. La escena la atravesó como una acusación. Acondicionador. Un capricho pequeño, ridículo... uno que no se había permitido en semanas. Las duchas habían sido rápidas, mecánicas. La supervivencia no dejaba espacio para lujos. Su cabello estaba áspero, enmarañado, olvidado... igual que ella.

Apretó la botella. Un chorro agudo de menta y eucalipto cortó el vapor, frío contra el calor que la envolvía. Trabajó el producto entre su cabello, los dedos descendiendo con cuidado por mechones enredados. Cada movimiento desaceleraba sus pensamientos, tirando de ellos de regreso al presente. Era nada. Ordinario. Y aun así, mientras la fragancia llenaba el cubículo, sintió que algo se movía dentro de ella. Frágil. Peligroso. Un recordatorio de que seguía siendo humana. De que seguía aquí.

Y por primera vez en semanas, no solo estaba sobreviviendo. Estaba abriéndose camino de regreso.

32

El golpe hueco de las tuberías del baño reverberó por toda la casa, un choque metálico que hizo vibrar las paredes. Mi-Ra se quedó inmóvil, rígida, mirando la puerta de su recámara como si el sonido le hubiera golpeado la columna. Luego vino el soplido bajo—el agua corriendo con vida propia, hinchándose en el silencio, vibrando a través del piso hasta sentirse menos como plomería y más como si la casa misma hubiera despertado con un quejido.

Abrió la puerta con cuidado. Las bisagras se quejaron con un suspiro. Mi-Ra se deslizó al pasillo, cada paso medido, deliberado—silencioso como una ladrona en la noche.

Se detuvo frente al baño. El raspar de la cortina de la regadera se deslizó por la barra, un susurro áspero que cortó la quietud. El agua golpeaba la porcelana en un ritmo constante, implacable, como si marcara el tiempo.

Su mano se aferró a la perilla. Un leve alzamiento, un giro—la traba cedió con un clic sordo. Automático. Memoria muscular de décadas en esa casa. Se deslizó dentro, con cuidado, y la puerta se cerró detrás de ella.

El vapor espesaba el aire, pegándose húmedo a su piel. El espejo estaba empañado, el espacio cerrado, sofocante. Y entonces lo vio.

El teléfono de Rut sobre el lavabo. Pantalla negra. Inocente. Un simple pedazo de vidrio y metal... o eso fingía ser.

Mi-Ra no lo creyó.

Su silencio era una máscara. Sentía que la observaba, un ojo sin párpados siguiendo cada respiración, cada movimiento.

Había visto a Rut con él demasiadas veces—los dedos deslizándose, los ojos saltando a cada vibración o alerta. Ese teléfono no era un aparato. Era una correa. Un amarre. Un centinela. Grabando. Siguiendo. Esperando.

El pensamiento ardió bajo sus costillas—intrusivo, humillante, reduciéndola a algo frágil y pequeño. Por semanas, la frustración había hervido, enroscándose tensa. Ahora se endurecía en algo más afilado.

Determinación.

No podía vivir así—vigilada, manejada, reducida a vidrio que debía cuidarse. No necesitaba una guardiana.

Necesitaba espacio.

Extendió la mano hacia el teléfono, rozando el vidrio liso antes de envolverlo con los dedos. Frío. Más pesado de lo que esperaba. Por un instante solo lo sostuvo, sintiendo cómo el peso se asentaba en su palma, su pulso retumbando en los oídos. Con el teléfono en mano salió al pasillo, cerrando la puerta con suavidad. El sonido de la regadera continuó del otro lado, ocultando sus movimientos.

Su mente corrió adelante, ya imaginándolo: el teléfono hundido en su bolsa, silenciado, impotente. Podría manejar kilómetros—nadie mirándola, nadie sabiendo. La correa quedaría rota.

Pero otro pensamiento se impuso, más frío. Tomarlo no solo era rebeldía—era robo. El único vínculo de Rut con el mundo, desaparecido por el resentimiento de Mi-Ra. La idea se sintió mal, áspera en el pecho. Su agarre aflojó, el teléfono temblando en su mano como si también estuviera esperando su decisión.

No soy un monstruo, murmuró.

Entró a la sala y dejó el teléfono sobre la mesa de centro. Al menos tenerlo lejos le daría tiempo—Rut no lo notaría enseguida. Unos momentos de libertad robada, un respiro antes del descubrimiento. Se puso el abrigo, la tela susurrando contra sus brazos, luego tomó las llaves del tazón junto a la puerta.

Regresó por el pasillo rumbo al garaje, moviéndose como una sombra, cuidando que sus pasos no resonaran. Al llegar a la puerta, se detuvo, respiró hondo, y giró la perilla. La empujó; las bisagras suspiraron cuando se deslizó hacia dentro.

A la luz tenue, su auto se alzaba frente a ella, elegante, esperando.

Se deslizó en el asiento del conductor, la puerta sellándose con un golpe ahogado que la aisló del mundo exterior. El olor a auto nuevo la golpeó de inmediato—cuero, pulidor químico, un toque de hule recién salido de fábrica. Era abrumador, artificial, un olor que no le agradaba.

Gregorio se instaló en el asiento del copiloto, firme como siempre.

El interior la envolvía con líneas elegantes y deliberadas—el cuero tensado en los asientos, costuras finas trazando cada borde. Los detalles cromados atrapaban la luz en destellos afilados, y la consola brillaba con precisión digital, cada botón retroiluminado, esperando ser presionado.

Mi-Ra colocó las manos en el volante, el cuero suave y firme bajo sus palmas.

—Es más de lo que necesito —murmuró, bajando la mirada, el precio del auto golpeándola como un puñetazo en el estómago.

Afuera, las voces de los vendedores subían y bajaban en cadencias ensayadas, interrumpidas por risas exageradas. Todo eso solo profundizaba la sensación de que ese no era su mundo. Todo allí se sentía inflado, fabricado—diseñado para vender un sueño del que ella no quería formar parte.

—No se trata de lo que necesitas ahora —dijo Gregorio, paciente pero firme, como siempre que ya había tomado una decisión—. Se trata de tener algo confiable. Un auto en el que puedas confiar por años.

—Puedo contar con los muchachos —replicó Mi-Ra.

—Ya no son muchachos —respondió Gregorio, la voz firme, sin dureza—. Son hombres ahora. Hombres con sus propias vidas. Y no siempre podrán venir corriendo cada vez que los llames.

Las palabras dolieron—no porque fueran mentira, sino porque la obligaban a verse como él la veía: una carga esperando suceder. Y él no se equivocaba.

La voz de Gregorio se mantuvo allí, como un eco impregnado en la sombra. Se arrinconó en las esquinas de su mente—inevitable, instalándose justo donde ella más quería ignorarla. Por primera vez, Mi-Ra se preguntó si él había estado preparándola desde entonces. No para un auto nuevo. Ni siquiera para los años por venir.

Sino para una soledad que ya venía en camino—lenta, segura, imposible de evitar.

33

El agua caía en cascada, el calor envolviendo a Rut hasta que los bordes del tiempo se suavizaron y se deslizaron lejos. El peso que cargaba se disolvió con ella, gota a gota, girando por el desagüe a sus pies.

Por un instante fugaz, el mundo aflojó su agarre.

Sin horarios. Sin tareas. Sin duelo.

Su mente—tan acostumbrada a ser un campo de batalla—cayó en un silencio raro. La regadera enjuagó más que sudor de su piel; arrancó una capa de tristeza, dejándola desnuda, frágil, casi entera otra vez.

Pero hasta los santuarios tienen límites.

Un leve rasguño susurró contra la puerta. Luego llegó un sonido más suave aún: un gemido, tenue y herido, filtrándose entre el vapor.

La culpa la atravesó.

Gizmo—lo olvidé. No le di de comer.

Con un suspiro, cerró la llave.

La cascada se redujo a un goteo.

Del otro lado de la puerta, el rasguño volvió, más rápido, más fuerte. Los gemidos crecieron, estirándose delgados hasta romperse en ladridos agudos que resonaron contra las paredes del baño.

—Ay, Gizmo, ya, relájate. Ya voy —llamó Rut, la voz tensa.

Corrió la cortina de un tirón... y se quedó helada.

El aire se atoró en su garganta.

Ahí, medio formado entre el vapor, estaba Juan.

El estómago se le anudó, un giro violento que la hizo retroceder.

Se aferró al pasamanos—ese que Juan había instalado para Greg—los dedos resbalando hasta cerrarse alrededor del metal frío. La sostuvo, un ancla contra el mundo que parecía volcarse.

Obligó a sus ojos a abrirse, parpadeando fuerte.

Y ahí seguía.

Juan...

Calmo. Sólido. Tan nítido como la memoria hecha carne.

Su mirada se clavó en la de ella—firme, fija, sin pestañear—tan inmediata, tan presente, que era imposible creer que no fuera real.

Su mente forcejeó buscando lógica, aferrándose a restos de razón.

Otro *ghost packet*. Tiene que serlo.

Mantuvo su mirada mientras alcanzaba la toalla sobre el mostrador. La incredulidad le recorrió la piel, y se inclinó hacia el suelo, luego se incorporó—poniéndolo a prueba, como si fuera un juego silencioso entre depredador y presa.

Sus ojos siguieron cada uno de sus movimientos, sin ceder, sin parpadear, fijos en ella con una precisión inquietante.

—No entiendo... —susurró, las palabras temblando en el aire pesado, apenas más que un aliento.

Se acercó un poco, buscando en su rostro algo—reconocimiento, calidez, cualquier señal de él.

Pero los ojos de Juan solo ardían, feroces con una intensidad que no sabía nombrar. Lentamente, levantó la mano y señaló la puerta.

Su cabeza giró hacia la perilla, automática, casi contra su voluntad.

Desbloqueada.

No la había dejado así.

El miedo se enroscó en su estómago, frío, afilado. Volteó de nuevo hacia Juan—

Y ya no estaba.

Solo quedaba vapor, retorciéndose en formas extrañas—rostros a medio formar, disolviéndose antes de que pudiera parpadear.

Su pulso se disparó mientras giraba hacia el mostrador. Necesitaba llamar a Pablo. Necesitaba que él explicara esto, que la devolviera a la realidad. Extendió la mano, buscando su teléfono—

Sus dedos rasparon azulejo desnudo.

Parpadeó, incrédula, y volvió a palpar el mostrador, más fuerte, deslizando la mano sobre la superficie húmeda como si el teléfono pudiera materializarse bajo su tacto.

Nada.

Su respiración se aceleró. El mostrador estaba vacío. El teléfono había desaparecido.

Arrancó una toalla del gancho y se la envolvió apretada alrededor del cuerpo, la tela pegándose a su piel mojada. Aún respiraba entrecortado mientras salía al pasillo. Su mirada voló instintivamente hacia la recámara de Mi-Ra. La puerta cerrada.

Sus pies descalzos golpearon la madera al avanzar hacia la sala.

Ahí lo vio, sobre la mesa de centro—su teléfono. No donde lo había dejado.

Corrió hacia él, tomándolo de un tirón, casi soltándolo cuando vibró con fuerza en su mano. La pantalla iluminó su rostro con un resplandor frío. Sus dedos temblaron sobre el vidrio. Obligó su agarre a firmarse, inhaló, y deslizó para contestar.

—Rut, escucha. Algo está pasando —dijo Pablo. Sin saludo. Sin pausa. Solo urgencia—. Es Mi-Ra.

—Pablo, te dije que está bien —respondió Rut, mirando hacia la puerta cerrada al fondo del pasillo.

—Mi-Ra no está ahí —la interrumpió.

Rut se quedó inmóvil.

La confusión pasó por su rostro. —Sí está, ella—

—No. Escúchame —su tono se afiló—. Le puse un rastreador GPS al auto. Está manejando.

Rut corrió por el pasillo, abrió la puerta de la recámara de Mi-Ra.

Vacía.

—Te envié su ubicación exacta —dijo él.

Rut negó con la cabeza. Era imposible. Mi-Ra no había caminado al buzón en semanas. Con Pablo aún en la línea, abrió el rastreador.

La sangre se le heló.

El mapa brillaba en su pantalla, un punto parpadeante avanzando.

La voz de Pablo estalló en la línea. —Va hacia el este por la I-10, rumbo a las afueras de la ciudad.

Rut acercó la imagen. La ruta se precisó. El miedo se solidificó. El estómago se le replegó. La náusea subió rápido, despiadada. Su cuerpo reconoció la sensación antes que su mente. Años desde la última vez, pero no lo había olvidado.

Se cubrió la boca con una mano, aferrando el teléfono con la otra mientras corría al baño.

Cayó de rodillas antes de llegar al inodoro. Las convulsiones la sacudieron, brutales, implacables. No expulsaba solo bilis—era todo lo que había guardado. Miedo. Agotamiento. Impotencia. Todo salió en espasmos que la dejaron temblando.

El sabor le quemó la lengua, ácido, amargo, y la vergüenza le ardió en el pecho. Que su cuerpo la traicionara justo ahora, cuando más necesitaba control, era una crueldad.

La voz de Pablo irrumpió, urgente, afilada. —Rut, ¿estás bien? ¿Me oyes?

—Sí —jadeó ella, tragando con dificultad.

Obligándose a incorporarse, luchó contra la náusea que aún retumbaba en su estómago. Las piernas le temblaban, pero se colocó un suéter y unos jeans, cada movimiento firme, decidido.

—Más temprano sus signos estaban erráticos—patrones de estrés por todos lados —dijo Pablo—. Pero ahora marcan calma.

La respiración de Rut se quebró. Pablo no sabía—no podía saberlo. Ella lo había leído en cada testimonio, en cada estudio. La calma era la quietud antes del acto. No paz…

Resignación.

Sus dedos se cerraron alrededor de las llaves, el metal mordiéndole la palma.

—Tengo que ir por ella.

34

La ciudad se deshacía a su alrededor en franjas de luz y sombra, los faroles parpadeando arriba como un metrónomo implacable—contando segundos que no estaba seguro de tener. Pablo mantenía la mirada fija en el GPS, negándose a parpadear. El punto rojo palpitaba constante en la pantalla, un latido digital burlándose de él con su ritmo. Cada vez que saltaba—aunque fuera un milímetro—el aire se le atoraba. Su pulso se disparaba a juego.

Seguía moviéndose. Seguía hacia el este.

Esto no era un mandado nocturno. No con la calma extraña que Rut había descrito. Mi-Ra no deambulaba. Iba hacia algún sitio.

¿A dónde?

Apretó más fuerte el volante mientras su mirada brincaba entre el asfalto y el mapa, tratando de arrancarle sentido al avance irregular de los pixeles. Sin patrón. Sin lógica. Solo movimiento, constante, implacable.

¿Un motel? ¿Un puente?

Las posibilidades se arremolinaron, cada una más oscura que la anterior. Ese nudo de miedo—el mismo que se le había enroscado dentro la noche que buscó a su hermano—despertó otra vez, ardiente, presionando contra sus costillas.

Sacudió la cabeza, empujando el recuerdo de vuelta a su jaula. Enfócate. Quédate presente. Lo único que importaba era encontrar a Mi-Ra antes de que el punto rojo dejara de latir.

Su mente regresó a lo último que había visto en la pantalla antes de salir corriendo. El modelo de Rut. El algoritmo predictivo que había ajustado una y otra vez hasta ver borroso. Un mapa de calor pulsando en la pantalla—rojo sangrando en azul, desvaneciéndose con cada recalculación. La mayor probabilidad seguía señalando el mismo sitio:

Ahogamiento.

Los ojos de Pablo volvieron al GPS. El punto rojo avanzaba hacia el este, constante, sin desvíos. Un mal presentimiento le apretó el estómago mientras seguía la ruta... y lo vio.

El embalse.

Una mancha negra y dentada en el mapa. Ella iba directo hacia ahí.

—Llamar a Rut —ordenó, cruzando un cruce vacío a toda velocidad. Las llantas chillaron contra el pavimento antes de recuperar el control.

—Llamando a Rut —respondió el sistema.

La línea conectó. La voz de Rut estalló, entrecortada, jadeante.

—Pablo, voy manejando. No puedo hablar.

—Espera—yo también estoy en camino. ¿Dónde estás?

—Unos diez minutos detrás de ella. Tal vez más.

—Yo estoy más cerca. Cinco minutos. Quizá menos.

La incredulidad de Rut rompió por el auricular. —¿Cinco minutos? Tú vives más lejos—¿cómo es posible?

—Escucha —forzó su voz a mantenerse firme—. Creo que va hacia el embalse. Voy a intentar alcanzarla antes.

—¿El embalse? —la palabra se quebró en su lengua, afilada por el pánico.

—Rut, estoy aquí contigo. Pero tienes que mantenerte enfocada. Solo maneja. Yo mantengo la línea abierta.

El silencio se asentó entre ellos—pesado, pero vivo. Motores rugiendo, viento filtrándose por las juntas del auto. Pablo apretó el volante, los ojos brincando entre la carretera y el punto rojo que seguía moviéndose.

Luego, Rut habló de nuevo, más baja esta vez. —¿Tu hija va contigo?

Pablo no despegó la mirada del camino. El punto pasó de largo la salida del embalse. Un atisbo de alivio le aflojó el pecho.

—No tomó esa salida. —Pasó los dedos por la pantalla, ampliando el mapa—. Parece que va hacia Baytown.

—¿Baytown?

La palabra resonó en su mente al mismo tiempo que el punto rojo se sacudía hacia el este. Su aliento se cortó.

Y entonces—la señal parpadeó una vez y desapareció.

—No... no, no, no...

Sus nudillos se pusieron blancos.

—¿Qué pasó? —preguntó Rut.

—La perdí. Zona muerta. —Tragó, su mirada fija en la pantalla vacía—. Pero ¿por qué Baytown? ¿Por qué ir allá?

—¿Quieres que lo adivine? —disparó Rut.

—No —respondió él, con un filo de desesperación—. Quiero que pienses. La gente no maneja a Baytown a medianoche sin una razón.

—¡Pues tú dime! —La voz le salió rota, afilada con sarcasmo, pero él escuchó el temblor debajo.

—Rut, detente—

—La has visto una vez y seguramente la conoces más que yo. Así que tú dime, Pablo. ¿Por qué Baytown?

Se estaba desmoronando; él lo escuchaba en el borde cortado de su voz, en los silencios quebrados entre palabras. Inhaló profundo, preparándose.

—Rut, escucha. Hay algo que nunca te he contado.

Silencio. Pesado. Esperando.

—Hay cosas que no sabes de mí —dijo.

La respuesta de ella llegó firme, aunque contenida. —¿Como qué?

Pablo exhaló, las palabras cayendo más pesadas de lo que pretendía. —Antes de entrar a BabyTek, mi hermano se suicidó.

El pequeño jadeo de Rut atravesó la línea. —Yo... no sabía. Pablo, lo siento. No sabía que tenías un hermano.

—No podías saberlo —dijo rápido, reprimiendo el peso que se le clavaba en el pecho. Mantente parejo. Controlado. No ahora—. Tal vez algún día te cuente todo. Pero ahora necesitas entender algo.

—¿Qué cosa? —su voz ya no estaba afilada. Era grave. Seria.

—Cuando mi hermano murió, no fue al azar. Eligió el lugar. Un motel junto a su gimnasio. Él entrenaba ahí todos los días. Conoció a su esposa ahí. Ese lugar significaba algo para él.

La garganta se le cerró. Obligó las palabras a salir.

—Rut... Mi-Ra no solo va a Baytown. Hay un motivo por el que va para allá. Y tenemos que averiguar cuál es.

35

El murmullo de las conversaciones se elevaba sobre el césped, una marea de voces deslizándose por el aire tibio de la tarde. Ráfagas de risa estallaban aquí y allá, pequeños bolsillos de alegría mezclándose con el zumbido bajo de amigos reencontrados. Los invitados se abanicaban con los programas doblados, movimientos lentos y cansados bajo el sol que comenzaba a desvanecerse. Más allá de ellos, el lago brillaba en ondas inquietas, la superficie fragmentada por la luz, como pedacitos de vidrio flotando en movimiento.

Meseros se abrían paso entre los grupos, bandejas deslizándose de mano en mano. El aroma salado de las carnes asadas se mezclaba con las notas dulces de las rosas que bordeaban el jardín, el aire espeso con el perfume de celebración. La hora del cóctel: un respiro donde los votos cedían ante el apetito, donde la formalidad se aflojaba en calidez y expectativa.

Rut volteó hacia Gregorio, su sonrisa blanda.

—Tu sobrina se veía absolutamente preciosa —dijo—. Guapísima.

El pecho de Gregorio se alzó, orgullo grabado en la amplitud de su cuerpo. Por ahora, seguía firme, fuerte, todavía él mismo.

Pero antes de que pudiera responder, JJ se inclinó con una sonrisa amplia.

—Claro que sí. La belleza corre por la familia.

Juan soltó una risa por lo bajo, negando con la cabeza.

—Pues parece que tu ADN no recibió el memorándum.

La risa recorrió el pequeño círculo, ligera y efímera. Pero justo más allá, Mi-Ra estaba aparte, su silla orientada hacia el lago. Su mirada se perdía en la superficie ondulante, desenfocada, como si las voces a su alrededor pertenecieran a otro mundo.

Rut se inclinó hacia Juan, bajando la voz.

—¿Tu mamá está bien?

Juan siguió su mirada hacia Mi-Ra, estudiando el gesto distante de su rostro. Se encogió de hombros; la respuesta llegó rápido, casi demasiado fácil.

—Está bien.

Rut asintió, aunque la duda le quedó colgando en el pecho.

—Necesito ir al baño —dijo, alisando su vestido.

Entró al salón donde estaban los baños. En la entrada había una canasta de mimbre, ordenada con cámaras desechables. Un pequeño letrero descansaba recargado en ella, escrito con letra curva: Ayúdanos a capturar los momentos que importan. Los invitados las tomarían a lo largo de la noche, pequeñas piezas que formarían un mosaico de la alegría del día: risas espontáneas, brindis, miradas robadas. Un detalle simple, pero cargado de invitación: todos podían enmarcar su versión de la celebración.

En el baño no tardó. Solo necesitaba un respiro—verse rápido en el espejo, retocar un poco de polvo, inhalar para recomponerse antes de que empezara la recepción. Cuando terminó, volvió afuera.

La escena la detuvo en seco.

Mi-Ra estaba en su elemento, ordenando a Gregorio, Juan y JJ con gestos bruscos, su voz llevándose por encima del gentío como una directora marcando el compás de su orquesta. Gregorio se movía con paciencia estoica, JJ con una sonrisa despreocupada, y Juan... indeciso, hombros tensos, su sonrisa apenas un trazo forzado.

Rut lo observó un instante. Conocía ese gesto demasiado bien: la postura rígida, la expresión contenida. Era el "aviso" de Juan, la manifestación física de una frustración que jamás verbalizaba. Y aun así, obedecía.

Mi-Ra acercó a un desconocido que estaba entre los invitados, le puso la cámara en la mano y le indicó exactamente dónde pararse, exactamente cómo tomar la foto. El momento era de ella, orquestado y controlado al último detalle.

Siempre la ajena—detrás de la cámara o excluida por completo, tan desechable como las cámaras del salón. Con el tiempo, Juan lo notaba e insistía en incluirla. Pero las fotos nunca duraban. Mi-Ra encontraba la manera de recortarla o, como hoy, esperaba el instante perfecto para fingir que Rut no existía.

El clic de la cámara sonó.

Rut dio un paso al frente, su mirada fija en Juan. La decepción le presionó el pecho, sin palabras pero viva entre ellos.

—Perdón —dijo Juan antes de que ella hablara. Se frotó la nuca—ese gesto de duda que ella conocía tan bien, la pausa cuando las palabras se atoran—. Normalmente no hubiera aceptado eso. Fue... una excepción.

—¿Una excepción? —cruzó los brazos; su voz salió más afilada de lo que pretendía.

Él no respondió enseguida. Sus ojos se fueron hacia el lago. La luz de la tarde temblaba sobre el agua, rompiéndose en cintas naranjas y violetas. Parecía absorto, como si el horizonte le retuviera las palabras.

Al final, habló, más suave, casi frágil.

—Cuando mi mamá se mudó aquí con mi papá, él la traía a este lugar. Escuchaban sus viejas canciones en el carro, se sentaban junto al agua y veían llegar los barcos de carga. Ella decía que le recordaba a casa.

Los hombros de Rut se relajaron sin querer. Siguió su mirada, dejando que el agua la atrapara también. El lago se extendía sin fin, ondulando bajo la luz moribunda, los colores cambiando como si el día exhalara.

La voz de Juan siguió, baja, constante.

—Nos subíamos todos al carro y veníamos. Pasábamos todo el día en el agua hasta quedar quemados del sol y muertos de hambre. Mis papás armaban un picnic—sándwiches, fruta, té dulce. Nada especial. Pero para ella, era todo.

La imagen se desplegó en la mente de Rut con claridad sorprendente: Mi-Ra y Gregorio, jóvenes, juntos en la orilla. Podía verlos casi, enmarcados por un silencio que no era vacío sino lleno, el tipo de silencio que se queda grabado.

Cuando Juan volvió la mirada hacia ella, tomó su mano. Su tacto era cálido, firme. Su voz bajó, pesada con una súplica que no llegó a ser palabra.

—Sé que es dura contigo. Pero hay más en ella de lo que deja ver.

Las manos de Rut se aferraron al volante cuando la realización cayó sobre ella; un rompecabezas cruel encajó de golpe.

—Paul, sé a dónde va Mi-Ra —dijo—. Encuéntrame en The Willow Haven, en Lake Baywater.

36

La luna colgaba baja y afilada, su luz pálida embarrada sobre el cielo cargado de neblina como una herida fresca. La autopista se desenrollaba frente a él en una franja gris, los señalamientos tragados por la bruma antes de que los ojos de Pablo pudieran registrarlos por completo. Apretó el volante, nudillos pálidos, su voz cortando el zumbido constante de las llantas.

—¿Vas bien allá? —preguntó.

Estática en la línea, un susurro roto antes de que la voz de Rut emergiera—tensa, contenida, pero temblando en los bordes.

—Lo mejor que puedo. Voy volando, pasadísima del límite... nada más estoy rezando para que no me paren.

Pablo soltó un aliento áspero, los ojos divididos entre el camino vacío y el GPS montado en el tablero. El punto rojo avanzaba constante, implacable, acercándose al lago. Cada pequeño salto era un recordatorio de que el tiempo se estaba desangrando. Buscó fallas en sí mismo—una variable perdida, un supuesto equivocado, alguna línea de código que hubiera podido alertarlos antes. Algo que le hubiera dado a Rut más que migajas de probabilidad para sostenerse. Pero no había nada.

Ya no se trataba de matemáticas. No se trataba de modelos. Las decisiones de Mi-Ra no estaban atadas a lógica ni predicción. Eran humanas. Caóticas. Del tipo que ningún sistema podía domesticar.

El coche vibraba bajo él, las llantas marcando un ritmo firme contra el asfalto, lo bastante estable para que su mente se deslizara justo donde no quería ir. Hacia atrás. A un tiempo donde el caos no era el enemigo—cuando la certeza era lo que más dolía. Cuando no se necesitaba un algoritmo, ni un punto rojo palpitando en un GPS para rastrear lo inevitable. Porque él lo había visto venir. Siempre lo había visto venir.

La noticia se le atoraba en la lengua a Pablo, metálica, no dicha, pero inevitable. Estaba en el umbral, cada músculo tensado, cada respiro astillándole el pecho. Evelyn levantó la mirada desde el sofá, ojos abiertos, expectantes, aferrándose a la esperanza.

Pablo desvió la mirada, la tristeza en él demasiado evidente para esconderse. Sus ojos se nublaron de dolor, delatándolo antes de que pudiera hablar.

—Bueno, ¿dónde está? —preguntó Evelyn, su voz afilándose, una risa nerviosa filtrándose en las palabras—. ¿Por qué me miras así?

A su lado, la madre de Evelyn se puso de pie lentamente, la comprensión ya marcada en su rostro pálido.

—Déjame llevarme a Delilah al cuarto —susurró. Con suavidad tomó a la bebé de los brazos de Evelyn y desapareció por el pasillo.

Pablo inhaló temblando, el peso del momento hundiéndolo.

—Se fue, Evelyn —dijo, la voz quebrándose—. Lo siento tanto. No llegué a tiempo.

Las palabras le supieron a fracaso. Las dijo con toda la suavidad que pudo, pero no hay bordes redondeados para una tragedia. No hay manera de vestirla más que con su verdad brutal.

El grito de Evelyn desgarró la casa—crudo, afilado—el tipo de sonido que hace temblar paredes y detener corazones. No era solo dolor; era ruptura, el cuerpo partiéndose bajo un peso para el que no fue hecho. Un sonido que Pablo sabía que cargaría mucho después de que la casa guardara silencio.

Pero el duelo tiene una forma de reacomodar a la gente. Evelyn era joven, hermosa, compuesta. Fácil creer que con el tiempo se recuperaría.

Pablo sabía que no.

Lo recordaba cada vez que visitaba la tumba de su hermano. La letra de ella vivía ahí, esparcida entre tarjetas clavadas junto a la lápida, los bordes blancos asomándose bajo flores marchitas. Se decía a sí mismo que no debía leerlas, que lo escrito ahí era privado—entre ella y Santiago. Sagrado. Pero aun así, sus manos lo traicionaban. Sacaba las tarjetas una por una, dejando que sus ojos consumieran palabras que no eran para él.

Te amo más cada día.
Cada día sin ti es un castigo.
No puedo seguir sin ti.
Debí verlo. Debí detenerlo.
Tu silencio me estaba gritando y lo ignoré.
Si el amor bastara, seguirías aquí.

Luces intermitentes estallaron en la oscuridad, destellando rojo y azul sobre el pavimento. Una patrulla surgió detrás de él, sus luces altas cortando la noche y cegándolo en ráfagas blancas.

—Rut, no cuelgues—me están parando —soltó Pablo, la voz apretada, empapada de adrenalina.

Soltó el acelerador, guiando el coche hacia el acotamiento, las llantas crujiendo sobre la grava. La patrulla redujo velocidad detrás de él, la sirena bajando de un aullido a un gemido hasta apagarse, dejando solo el pulso rojo y azul respirando en la noche.

Pablo exhaló fuerte, tratando de domar el martilleo de su corazón.

La puerta del cruiser se abrió. Un oficial salió, la silueta recortada contra el parpadeo de luces. Las botas golpearon el asfalto en pasos lentos y pesados. Una linterna se encendió: un haz blanco, directo, cortante, rebotando en el espejo lateral y cegándolo a través del cristal.

El oficial ajustó su cinturón, una mano cerca del arma, acercándose con autoridad medida. Se detuvo junto a la ventana del conductor, su rostro inmutable, cincelado en un gesto de deber. La linterna siguió apuntando directo a los ojos de Pablo, sin piedad.

—Licencia y registro —dijo, voz plana, desgastada por repetirla miles de veces.

Pablo parpadeó contra el resplandor, la visión nublándose.

—Oficial, sé que iba rápido, pero esto es una emergencia —soltó, rebuscando en su billetera con dedos torpes—. La vida de alguien está en riesgo.

La cara del oficial siguió inmóvil, los ojos escaneándolo.

—¿Una emergencia? Señor, va a terminar en la cárcel esta noche.

De los altavoces del coche, la voz de Rut estalló, frenética, desgarrada:

—Tenemos que llegar antes de que mi suegra—

—Espere ahí —la cortó el oficial, bajando la linterna pero manteniendo el mismo gesto duro.

Pablo sintió que el tiempo se quebraba mientras el policía se alejaba, cada paso crujiente sobre la grava prolongándose más de lo que un cuerpo ansioso podía soportar. Miró el teléfono en el tablero—el rastreador seguía latiendo, el punto rojo avanzando, directo hacia Willow Haven. Todavía moviéndose.

—¡Se va a quitar la vida! —gritó Pablo, la voz quebrada.

Entonces lo oyó:

Un zumbido bajo, creciente, viniendo desde la carretera.

Su pecho se apretó.

Un motor. Acelerando. Rasgando la noche.

Volteó justo cuando unos faros lo encandilaron.

Un coche pasó a toda velocidad, tan cerca que el aire pareció partirse a su alrededor. Pablo alcanzó a ver el destello de Rut al volante, las luces traseras ardiendo rojo antes de perderse en la oscuridad.

El oficial se quedó helado, radio a medio levantar.

—¡Esa es Rut! —gritó Pablo, un golpe de adrenalina recorriéndolo—. ¡Va detrás de su suegra!

37

Rut volaba por la vieja carretera, los faros abriendo dos túneles estrechos en la negrura. La noche se partió de pronto en un estallido de luz—reflectores, fríos y cegadores. Un gasolinera surgió, su brillo chillón apuñalando sus ojos. El letrero alegre parecía burlarse de ella, luminoso y cruel. Apretó más el acelerador. La estación se hizo pequeña en el retrovisor, tragada por la oscuridad hasta no ser más que una mancha de neón y náusea.

Miró de reojo el espejo retrovisor.

A través de la niebla—débil, pero ahí—destellos rojos y azules palpitaban, su resplandor desangrándose en el aire como luciérnagas inquietas que no pertenecían a esa parte de la noche. Se retorcían en su visión, negándose a desvanecerse. Su pulso martillaba al mismo ritmo del estrobo.

—Las luces me están poniendo nerviosa —murmuró, la voz delgada, los ojos brincando entre el camino y el espejo.

La voz de Pablo cortó por el altavoz, baja y urgente.

—Olvídate de las luces. Concéntrate en Mi-Ra. Está entrando a Willow Haven.

—Mierda.

La palabra se le escapó entre dientes apretados. Rut se inclinó hacia adelante, aferrada al volante como si así pudiera obligar al carro a ir más rápido, obligar a la niebla a abrirse. La carretera se redujo a nada más que ella, el asfalto y la persecución implacable.

—Sigue —insistió Pablo—. Vas a llegar.

Rut entrecerró los ojos, los faros tragados casi al instante por la muralla de bruma.

—La niebla está demasiado espesa... casi no veo nada.

Entonces apareció—de golpe, inmenso. El lago se extendía frente a ella, silencioso y quieto, brillando apenas bajo la luz lunar. La imagen le golpeó el pecho como una mano helada. Demasiado liso. Demasiado calmo. Algo no estaba bien.

—Ya puedo ver el lago —susurró, la garganta apretada.

Buscó desesperada el GPS. La pantalla parpadeó una vez... y se congeló, el mapa desapareciendo en estática inmóvil. Palmoteó el tablero con la mano.

—Perdí la señal. ¿Qué hago?

La frustración le estalló por dentro.

—No puedo leer los números de las salidas, ¡la niebla está demasiado gruesa! —Entrecerró los ojos hasta que le ardieron, intentando distinguir una forma, una pista, cualquier cosa más allá del cristal.

—Ok, piensa —dijo Pablo, su voz firme contra el pánico que empezaba a desgarrarla—. ¿Cuál fue el último lugar que recuerdas haber pasado?

—No sé, Pablo, no estaba dando un tour turístico... —La frase se cortó cuando de pronto la memoria se afiló. Su respiración se atoró—. Espera. Pasé un Luckee's hace un rato.

—¿Viste alguna salida después de eso?

Abrió la boca para responder, pero Pablo gritó por el altavoz:

—¡Rut! ¡Toma la siguiente salida!

El pecho se le sacudió. Un brillo verde emergió de la niebla—la señal de la salida, espectral, demasiado cercana. Giró el volante de golpe; el carro chilló, las llantas luchando contra la curva.

El corazón le golpeaba las costillas, estremeciendo cada hueso.

—Estoy en la rampa. ¿Ahora qué?

—La primera calle que veas saliendo de la lateral—da vuelta a la derecha.

La rampa la escupió a la vía de acceso. Un camino angosto surgió entre la bruma, oscuro y sin alumbrado. Giró el volante tarde y lo pasó de largo.

—¡Carajo!

Miró el retrovisor. La carretera detrás de ella era un túnel de niebla pura, sin un solo faro visible. Metió freno y luego reversa. El carro se sacudió, la grava escupida bajo las llantas, el motor gruñendo mientras retrocedía a ciegas.

Torció el volante, maniobrando de regreso hasta la calle angosta.

En su regazo, el celular se iluminó. El GPS volvió a la vida. Rut soltó un suspiro tembloroso.

—Ya tengo señal otra vez...

El camino se cerraba en un último tramo estrecho, sus bordes disolviéndose en niebla. Los árboles se arqueaban a los lados, ramas desnudas formando un túnel de sombras. A través del vapor surgió un letrero de madera, sus letras blancas apenas visibles:

Willow Haven.

Rut giró bruscamente, las llantas chillando al entrar al estacionamiento de grava. Piedras golpearon la carrocería, el vehículo derrapó y se detuvo con un tirón final. Los faros barrieron la orilla del lago, luz rebanando niebla y oscuridad—pero nada sólido tomaba forma.

El pánico trepó por su pecho. Puso el coche en estacionamiento y salió corriendo hacia el agua.

El aire frío le mordió las mejillas como navajas mientras cruzaba el césped empapado. Cada paso hundía sus zapatos más en el lodo, pero no redujo la velocidad. Su respiración salía en ráfagas cortas, penachos blancos que se disolvían en la noche.

Entonces la vio.

El coche de Mi-Ra estaba en la orilla del agua, los faros apagados, el parachoques casi rozando la superficie reluciente del lago—posado al filo como si el agua lo hubiera estado esperando.

—¡Mi-Ra! —gritó Rut, la voz desgarrada—. ¡Estoy aquí! ¡Ya voy! ¡Quédate donde estás!

Silencio.

Desde donde estaba Rut no había señal de Mi-Ra. Solo el brillo oscuro del lago y el murmullo del viento entre los juncos secos. La sensación la envolvió—fría, pesada, sofocante. Por todo lo que sabía... Mi-Ra ya no estaba.

Entonces vino el lamento—agudo, primitivo. Un chillido que desgarró la noche como vidrio explotando en el aire.

Rut retrocedió tambaleante mientras las historias de su abuela cobraban forma, vivas y despiertas en su mente.

La Llorona—la mujer que llora. Una madre maldita a vagar por riberas y lagos, sus sollozos repitiéndose eternamente mientras buscaba a los hijos que ella misma había ahogado.

Pero esto no era un cuento para asustar niños. No era folclor, seguro y mudo, atrapado entre páginas viejas o difuminándose en humo de fogata.

La Llorona era real. Y vivía en Mi-Ra.

Rut lo entendió entonces—

Este tipo de dolor no se consuela. No se cura. Solo se enfrenta.

38

Mi-Ra aferró el volante, los nudillos pálidos bajo la luz tenue. El motor vibraba bajo ella—vivo, pero contenido, como si dudara perturbar el silencio que se había asentado sobre el lago. Su mirada se mantuvo fija en el agua, la superficie lisa y brillante bajo la luz de la luna, un espejo que ocultaba lo que fuera que esperara abajo.

Ese lugar alguna vez había estado lleno de vida. La luz del sol bailando sobre las olas como monedas arrojadas a un agua resplandeciente. La mano cálida y firme de Gregario entrelazada con la suya.

Sus hijos corriendo por la orilla, sus risas entrelazándose con el mundo, volviéndolo brillante y completo.

Ahora, la orilla estaba vacía.

El aire frío le oprimía el pecho. El recuerdo temblaba como un reflejo en un vidrio empañado—visible, pero inalcanzable. Esa vida pertenecía a otro mundo, sellado detrás de ecos de risas que no volverían.

El silencio se profundizó. No era paz. Era peso. Una invitación.

Un tirón hacia el corazón oscuro del agua.

Entonces lo oyó.

Mi-Ra...

Un susurro, elevándose desde debajo de la superficie tranquila del lago.

No era nuevo. La voz la había perseguido durante toda su vida—deslizándose en el viento, enroscándose entre las vigas, colándose en la noche como humo que solo ella podía escuchar.

Aprendió a resistir. Las advertencias de su abuela habían sido claras: *nunca titubees, nunca dejes que note tu debilidad.*

Así que Mi-Ra enterró sus lágrimas. Endureció su corazón. Se convenció de que el susurro no era más que viento golpeando el alero, la madera acomodándose en la oscuridad.

Y cuando la voz se hacía más insistente, ella la ahogaba con algo aún más fuerte:

Los gritos brillantes de sus hijos sobre el agua. La voz firme de Gregario, anclándola. El caos hermoso y ruidoso de una familia viva.

Pero ya no había risas. Ni voces alegres llenando el aire. Ni una presencia que la mantuviera con los pies en la tierra.

Solo silencio.

Silencio pesado, implacable.

El susurro volvió, más fuerte esta vez:

Mi-Ra...

Su mirada se deslizó hacia el lago, y un frío se desplegó en su pecho. El cofre del carro estaba demasiado cerca del agua—rozando casi su piel oscura, brillante, expectante. Demasiado cerca. La advertencia de Halmeoni se clavó bajo sus costillas: *no te acerques al agua de noche.*

Su mano temblorosa se movió hacia la palanca de cambios. Quería poner reversa. Quería alejarse. Aunque fuera un poco.

Pero antes de lograrlo, el silencio se quebró. Una voz atravesó la noche como una fractura en el cristal:

Mamá, ven...

Una voz infantil. Pero no del todo. Aguda, estirada, como si las sílabas hubieran sido arrastradas a través del agua. Familiar y, al mismo tiempo, equivocada. Su piel se erizó.

—Juan.

La palabra escapó sin aire, desgarrándole el pecho. Cerró los ojos con fuerza. Él no debía estar aquí. No podía estar aquí.

—No —murmuró, obligando su mano a apretar la palanca—. No es él.

Otra voz. Más profunda. Respiración entrecortada:

Mama...

Pero esta era distinta. Inocente. Y sin embargo, innegable.

—¿Toño?

La confusión la atravesó. Sus labios formaron el nombre antes de que pudiera detenerlos. Su corazón se apretó. No le había dicho que saldría esa noche. Ni siquiera le había preguntado si quería acompañarla, evitándose el dolor de escuchar otro no.

Ella estaba segura de haber salido sola.

Su piel ardió en un escalofrío. Sus ojos escanearon la oscuridad—buscando una sombra, una figura, cualquier rastro de él.

La noche le devolvió nada.

Solo silencio.

Entonces la voz de Toño volvió, más clara esta vez, trenzada con una ternura que la vació por dentro:

Mama, ven con nosotros.

Las palabras se deslizaron por su piel como agua fría. Algo se quebró—como vidrio que cede bajo demasiado peso—y la memoria se abrió.

El golpe hueco de unos pasos en el pasillo—suaves, inconfundibles.

Toño ya salió de su cuarto.

Su corazón dio un brinco. Caminó rápido, casi tropezando. Agarró la perilla, la giró, abrió la puerta con un tirón.

—¿Toño?

Su voz se quebró con su nombre—mitad esperanza, mitad reproche.

El pasillo, vacío.

—Hola —respondió Toño, cálido, familiar—. ¿Qué necesitas?

—Toño, ya tuve suficiente de—

Y su voz, cortada en seco, convertida en algo hueco:

—En realidad, déjame un mensaje. O mejor mándame un texto.

—Recuerda refrigerar las sobras. Sus ojos clavados en la silla vacía.

Otra noche esperando que él bajara a cenar.

Otra noche sin respuesta.

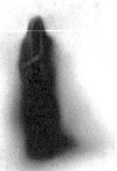

La capilla olía a potpourri y desinfectante. Mi-Ra sentada en la primera fila. Obituarios temblando en sus manos.

LA LLORONA: EL DESPERTAR

En memoria de
Juan Gregorio Roberts
y
Toño José Roberts

Mi-Ra abrió los ojos.
   El lago la llamó otra vez.
   Mi-Ra, ven...
   Y ahora ella recordó exactamente por qué.

39

La mente de Mi-Ra ya había tomado su decisión. Qué enterrar. Qué sellar tan hondo que jamás pudiera volver a arañar la superficie. Pero su cuerpo la había traicionado.

Las lágrimas regresaban una y otra vez, sin importar cuán ferozmente las negara. Cada gota era una grieta, una fractura en la fachada. Un recordatorio de que, aunque su corazón seguía latiendo, su espíritu ya había sido sepultado junto a Gregario, junto a Juan, junto a Toño.

La verdad se erguía nítida, incuestionable: estaba viva solo en forma. El resto de ella yacía marchito, hueco, carcomido por un dolor demasiado vasto para nombrarlo. El mundo mismo parecía quebradizo bajo ese peso, astillándose en los bordes.

Su mirada se deslizó hacia el lago. La neblina se aferraba a la superficie como un sudario pálido que se negaba a levantarse. Formas se agitaban en la orilla: figuras a medio hacer, temblorosas, que emergían entre la bruma como recuerdos que rehusaban quedarse enterrados.

Juan.

Toño.

Estaban ahí. Podía verlos. Pero no como los recordaba. Sus siluetas temblaban bajo la luz lunar, borrosas como si el agua misma hubiera tallado nuevos contornos. Rostros familiares, pero sutilmente incorrectos: ojos demasiado oscuros, sonrisas estiradas apenas un grado más allá de lo humano; movimientos un poco demasiado lentos, demasiado fluidos, como si el lago aún los retuviera, negándose a soltarlos.

Un escalofrío recorrió su columna, pero su corazón dolió con un anhelo insoportable. Torcidos o no, suspendidos en esa quietud antinatural, se convenció de que eran ellos. Necesitaba que fueran ellos.

Porque incluso un eco distorsionado era mejor que el vacío punzante de su ausencia.

Los sonidos del mundo comenzaron a desvanecerse. El crujido de pasos sobre la hierba helada se disolvió en estática, como una radio perdiendo señal en el bosque. La voz de Rut, golpeando la ventana—urgente, fracturada—apenas le llegaba. Ecos de una vida que alguna vez conoció pasaban rozando su mente como viento entre ramas desnudas—vacío, hueco.

La palanca se deslizó a Drive con un clic que retumbó dentro de su cráneo. No recordaba mover la mano, no recordaba decidir nada, y sin embargo el auto avanzó.

Un estremecimiento la recorrió—no de miedo, sino de alivio extraño. Con cada centímetro hacia el agua, sentía que se acercaba a su destino.

Las sombras de su familia aguardaban en la orilla, extrañas e imperfectas, pero su familia al fin. Y esa cercanía—por torcida que fuera—era un consuelo al que no sabía resistirse.

El auto dio un brinco suave. Las llantas encontraron lodo espeso como la memoria, denso, renuente. Centímetro a centímetro, la máquina se arrastró hacia la superficie ondulante. La luz de la luna chispeaba sobre el agua, sombras inquietas danzando. Ondas se extendieron, como si el lago mismo la alcanzara—delgados dedos de agua buscándola.

Afuera, la voz de Rut perforó el aire, ronca y desgarrada, afilada por el miedo. Su brazo entraba por el marco roto de la ventana, tendones marcados, la piel cruzada por líneas de sangre fresca. Su mano forcejeaba con la manija, tirando una y otra vez, pero el seguro no cedía.

Sus dedos rozaron el volante—tan cerca que Mi-Ra sintió el temblor de su desesperación.

Mi-Ra giró la cabeza, lenta, deliberadamente, hasta encontrar el rostro de Rut.

Vio la urgencia desbordada en sus ojos, la forma en que su boca formaba la orden—

—¡Detén el maldito carro!

Pero dentro de ella no hubo respuesta.

Ni miedo. Ni alarma. Solo el hueco silencioso que la habitaba desde hacía demasiado tiempo.

Sus labios se entreabrieron. Las palabras cayeron planas, sin resistencia.

—No puedo.

Su cuerpo flotaba en un umbral invisible, respiración leve, latido tenue. El velo entre mundos se había afinado—desgarrado—y por primera vez, lo que yacía del otro lado sangraba hacia el suyo. Sombras se movían donde no debía haber ninguna. El aire vibraba, líquido, como si el lago hubiese derramado parte de sí en su visión.

Y entonces la vio.

Mul Gwishin.

Surgió del agua en un estallido negro, un cuerpo moldeado por la podredumbre y la corriente. Su piel colgaba en tiras grisáceas, hinchadas, goteando putrefacción lacustre que chisporroteaba al tocar la tierra. Algas se adherían a sus extremidades como seda marchita, retorciéndose con sanguijuelas que latían contra su carne.

El cabello se extendía como un enjambre de algas vivas, ansiosas por atrapar lo que se acercara. Los ojos—dos huecos brillantes—ardieron con una luz abisal mientras se fijaban en ella.

—*¿Lo ves también?* —susurró Mi-Ra, su voz sonándole ajena—suave, casi reverente, como si confesara a la noche misma.

La respuesta de Rut llegó en un disparo, insistente, desesperada:

—¡Mi-Ra, ahí no hay nada!

Mi-Ra giró la cabeza apenas. Vio el movimiento frenético en su periferia: el brazo de Rut extendiéndose por la ventana rota, dedos tensos, la piel marcada por el cristal. La manija vibraba, sacudida violentamente, pero seguía firme.

La voz de Rut se elevó de nuevo, afilada por el pánico:

—¡Mi-Ra, escúchame!

Pero las palabras llegaban como ecos amortiguados desde una habitación lejana.

Mi-Ra mantuvo la vista al frente, hacia la figura que solo ella podía ver.

—¡Mi-Ra, detén el carro!

El mandato la golpeó, pero por dentro solo sintió ese tirón hueco, inevitable.

El otro mundo la llamaba.

Las llantas giraron en el lodo, lentas, hundiéndose. Centímetro a centímetro, el auto avanzó. El lago respondió con ondas suaves—esperando, ansioso, vivo.

—¡Por favor, detén el carro! —suplicó Rut, con las piernas ya medio hundidas en la tierra empapada.

Mi-Ra no respondió. No quedaba lucha. Solo el lago.

Por fin, giró hacia Rut. Sus movimientos eran inquietantemente lentos, como si cada músculo se negara a volver del lugar donde su espíritu ya se había asomado. Sus ojos brillaron con una opacidad vidriosa, reflejando únicamente la luz pálida de la luna.

Cuando habló, su voz fue un soplo, un hilo tan tenue que parecía venir de algún lugar que no le pertenecía del todo:

—*Me están esperando.*

El pánico de Rut se disparó en el instante en que el rostro de Mi-Ra cambió—algo inquietantemente familiar, atrapado entre el reconocimiento y la rendición, como si estuviera recibiendo a alguien que Rut no podía ver.

La mirada de Rut brincó hacia el lago. La superficie tembló, una vibración mínima que se expandió en círculos. Su respiración se atoró. Una figura emergía—hasta la cintura fuera del agua, pálida como un hueso ahogado.

El cabello negro se le pegaba al rostro en mechones empapados. La piel colgaba en tonos azul-gris, tensada sobre huecos donde antes había rasgos. Los dedos—demasiado largos, demasiado intencionados—arrastraban agua negra mientras se extendían hacia adelante con una lentitud antinatural.

La garganta de Rut se cerró, el terror arañando desde adentro.

—*La Llorona...* —susurró antes de poder detenerse.

La historia con la que había crecido—mito, advertencia, castigo—ya no era cuento ni sombra. Estaba ahí, arrancándose del agua, y había fijado la mirada en Mi-Ra. El duelo ya no solo la consumía; respondía a algo que Rut jamás se había permitido creer real.

El aire se derrumbó alrededor de ella, espeso, húmedo, aplastándole los pulmones. Nunca había visto algo así. Nunca se había sentido tan impotente. No sabía cómo pelearlo—ni siquiera sabía si existía forma alguna de hacerlo. Y con el carro avanzando todavía, la promesa que le había hecho a Juan—proteger a Mi-Ra—se le escapaba entre los dedos como agua que no pudiera retener.

Los hombros se le vencieron. Agachó la cabeza. La pelea se drenó de sus huesos.

—Lo siento, Juan —murmuró, la voz rota—. Lo intenté. Te juro que lo intenté.

Las lágrimas ardieron, calientes, derramándose con rapidez. Cayeron de su barbilla, estrellándose en el lago. Cada gota desapareció al instante, tragada por la oscuridad inquieta.

Entonces ocurrió.

Una voz. Repentina. Afilada. Familiar. Cortó la noche como una hoja:

—*No te la vas a llevar a ella también.*

Rut se quedó inmóvil, congelada, el corazón golpeándole contra las costillas. La frase seguía vibrando en el aire. Demasiado nítida. Demasiado precisa. Demasiado él.

Su mente buscó cualquier explicación—viento, imaginación, un fallo extraño goteando desde los dispositivos en el garage. Pero ninguna encajó. El sonido permanecía, firme, innegable.

Sus labios se entreabrieron, temblorosos. El nombre escapó de ella como una oración—frágil, desesperada, incrédula:

—¿Juan...?

40

La cabeza de Mi-Ra giró de golpe hacia el sonido de la voz de Juan—firme, resuelta, exactamente como la recordaba.

Por un instante, el trance se rompió. Un destello de reconocimiento brilló en su mirada hueca, frágil como vidrio. Sus labios se entreabrieron, listos para pronunciar su nombre, pero la palabra se atoró en su garganta, estrangulada antes de poder salir.

El lago explotó. La neblina se abrió en dos y el velo se rasgó por completo.

Desde el agua surgió una figura—no el niño que alguna vez cargó, sino el hombre en que se había convertido. Juan. Su guardián en vida, ahora ardiendo frente a ella como algo eterno. Su forma resplandecía con una luz radiante, firme, inquebrantable, indudable.

Esa luz la envolvió, feroz, abrasadora. No era pérdida renacida, sino verdad reavivada, incandescente, quemando el hueco que el duelo había cavado en su pecho.

Los labios de Mi-Ra temblaron. Asombro, tristeza y un alivio doloroso chocaron en su voz cuando finalmente logró romper el silencio.

—*Los puedo ver...*

Pero era más que visión.

Los sentía—cálidos, firmes, inamovibles. Un instinto maternal volvió a la vida, primitivo y feroz. Estaban ahí. Con ella. Un ancla que ninguna oscuridad podía arrancar.

El resplandor de Juan estalló con más fuerza, una llamarada encendida al lanzarse contra el demonio—voluntad contra pena, espíritu contra sombra. El choque partió la noche. Sus puños cayeron como truenos, cada golpe preciso. Uno estrelló la quijada hundida de la criatura, lanzando su cabeza hacia atrás en una lluvia de agua negra. Otro se clavó en su pecho, quemando la piel fofa, desgajada como papel mojado.

El demonio chilló. Su marco hundido se estremeció al contacto con la luz, sombras derramándose como tinta en el agua. Pero no había terminado. Se aferró a la pena de Mi-Ra, alimentándose, bebiendo fuerza de su dolor. Sus cuencas vacías ardieron, prendidas con un odio hueco.

Con un silbido como vapor partiéndose en piedra, lanzó un latigazo. Sus brazos se estiraron más allá de lo humano, tendrilos de agua negra desdoblándose de sus dedos, chasqueando en el aire como fustas. La noche se abrió con cada golpe, la furia hecha forma.

Uno de los tendrilos se estrelló en el hombro de Juan con un chasquido húmedo. La luz estalló, astillándose como vidrio fundido. Él tambaleó, pero sostuvo su posición, la mandíbula firme, su resplandor creciendo.

—¡No! —gritó Mi-Ra.

El demonio redobló su ataque. Los latigazos cavaron la tierra, rociando agua negra que siseaba al tocar el suelo. Cada golpe cargaba la pena de Mi-Ra, afilada en arma, vuelta contra ella.

Juan rugió—no de dolor, sino de desafío. Sus manos ardieron como brasas. Enfrentó los latigazos de frente, atrapándolos a mitad de golpe y desgarrándolos en estallidos de luz que rompieron la noche. Cada desgarro no era solo fuerza—era su memoria de él, su amor, su decisión de no dejar que la oscuridad reclamara lo poco que quedaba.

Aun así, el demonio embistió, su voz un coro de duelos, un millar de gargantas ahogadas susurrando:

Mi-Ra... únete a ellos...

La mirada de Mi-Ra atrapó un destello de luz cortando el agua—rápido, seguro, imposible de ignorar, como un fragmento de estrella.

Parpadeó, convencida de que su pena le jugaba un truco. Pero la figura permaneció—brillante, incuestionable, delineada en claridad.

Su aliento se cortó. Sus labios temblaron cuando el nombre escapó, crudo, incrédulo.

—¿Toño...?

Juan y Toño, uno al lado del otro, se alzaron en desafío radiante. No sombras. No fragmentos. Hombres. Enteros. Reconocibles. Su luz ardió con tanta fuerza que hasta el lago retrocedió, ondulando como si se avergonzara.

Toño se lanzó bajo, un destello veloz. Su puño perforó la cintura del demonio y giró, arrastrándolo hacia abajo. Mientras Juan era peso y resolución, Toño era velocidad y precisión—deslizándose entre los golpes, un cometa estrellándose contra la sombra.

El demonio aulló, un lamento gutural que partió la noche. Sus brazos se agitaron con furia mientras Toño lo hundía, su cuerpo retorciéndose, fragmentándose en tendrilos que azotaban el aire en arcos violentos.

Juan avanzó, imperturbable. Sus manos ardieron al atrapar un tendril a mitad del golpe, quemándolo hasta hacerlo cenizas. Otro se lanzó hacia él—lo atrapó igual, fisuras de luz quebrando la oscuridad viscosa hasta pulverizarla. Cada agarre abrió la noche en líneas cegadoras, las armas del demonio desmoronándose en humo.

Y cada vez que Juan rompía una defensa, Toño estaba ahí—aprovechando la brecha, golpeando con velocidad quirúrgica. Un puño a las costillas. Un codazo al pecho. Cada golpe astilló más el cuerpo del demonio, rompiendo lo que Juan ya había debilitado.

Juntos avanzaron—Juan, el ancla; Toño, el cometa. Furia sincronizada. Luz en ritmo. Una fuerza que el demonio no podía contener.

Su cuerpo colapsó, deshaciéndose. Los tendrilos se deshilacharon, las extremidades cedieron, su rostro se hundió en ruina. Su aullido se convirtió en un chillido rasgado, desesperado. El lago hirvió a su alrededor, sombras y agua retorciéndose mientras volvía a hundirse en la cárcel de donde había salido.

El aire cambió. Primero sutil, como cortinas cerrándose en un cuarto vacío. El brillo entre mundos comenzó a plegarse sobre sí mismo. Las figuras de Juan y Toño se suavizaron, sus bordes disolviéndose en luz.

Rut se inclinó a través de la ventana rota, metiendo el brazo hasta sentir el seguro. Lo levantó, forzó la puerta y la abrió de golpe, sus movimientos urgentes, temblorosos, el rostro pálido, los ojos desesperados.

—Mi-Ra, ¿estás bien?

Mi-Ra giró lentamente la cabeza, encontrando su mirada con ojos huecos y cansados.

—Sí —murmuró.

Volteó hacia el agua. Su respiración se estremeció, el pecho apretándose mientras la quietud se asentaba. Lo que había presenciado—la luz, el choque, los rostros de Juan y Toño irradiando fuerza—no se desvaneció en incredulidad, sino en memoria.

Una punzada de tristeza le atravesó el corazón, aguda, repentina, el vacío de su ausencia presionando de nuevo. Su luz se había ido. Sus voces, calladas. Y por un momento, el hueco amenazó con tragarla.

Pero entonces miró de nuevo el agua.

Ya no era como antes.

La superficie, antes inquieta y empañada, estaba quieta. Serena. Lisa como cristal. La luna la acariciaba con un brillo suave, constante, un velo plateado sobre un espejo recién purificado.

Rut rodeó el carro, pasó los brazos por debajo de los de Mi-Ra y la sostuvo, firme. La apretó con fuerza, con esa mezcla brutal de terror y alivio.

—Gracias —susurró Rut, la palabra áspera, cargada—. Gracias por no dejarte ir.

Cuando se separó, sus dedos se quedaron un instante sobre los hombros frágiles de Mi-Ra antes de soltarlos. Mi-Ra la observó—la palidez, el miedo aún vivo en sus ojos, el temblor en sus manos.

La ironía cayó sobre ella: había sido Rut quien la había seguido, Rut quien la arrancó del borde.

El agradecimiento no era suyo para recibir, sino para dar.

Mi-Ra abrió los labios, la voz teñida de asombro cansado.

—¿Agradecerme? ¿Por qué?

—Por no hacerlo —dijo Rut—. Por detener el carro.

La confusión cruzó el rostro de Mi-Ra. Bajó la mirada hacia el tablero. La llave seguía en *On*. La palanca, en *Drive*.

Y entonces la tristeza se disipó, reemplazada por algo cálido, luminoso, indiscutible:

Juan y Toño seguían ahí.

Y aunque no lo había visto como a ellos, Gregario también había estado.

No porque sus ojos pudieran encontrarlo. No porque sus brazos pudieran abrazarlo. Sino porque su alma sí podía.

41

Las luces de la patrulla cortaban la noche muerta, rojo y azul estroboscópico rebanando los árboles y rompiendo la oscuridad del lago en fragmentos de color. El rugido del remolque retumbó pesado sobre el agua cuando el auto de Mi-Ra emergió desde las profundidades. Subió lentamente, escurriendo, chorros de agua negra cayendo de su armazón como venas de plata bajo los reflectores.

Rut permaneció rígida en la orilla, el abrigo bien ceñido contra el frío húmedo. A su lado, Mi-Ra temblaba, frágil ante el aire nocturno. Rut le rodeó los hombros con el brazo, firme, protegiéndola de la escena, sosteniéndola cuando sus piernas amenazaron con ceder.

—Gracias, oficial —dijo Rut en voz baja. Su tono era sereno, dirigido solo a él.

El oficial inclinó la gorra, la expresión grave.

—No es la primera vez que los dueños del lugar lidian con algo así —dijo, mirando hacia el lago—. Hacen muchas bodas aquí y... bueno, a veces las cosas se salen de control.

Sus palabras quedaron suspendidas, un intento torpe de explicar lo inexplicable, de convertir el caos en rutina.

Rut no lo aceptó. Su mirada permaneció fija en el vehículo chorreante, el metal brillando bajo las luces de la patrulla. Apretó con más fuerza el brazo de Mi-Ra. Sabía que aquello no había sido un accidente.

—Pueden retirarse —dijo por fin el oficial, dando un paso atrás mientras las luces continuaban bañando el agua de rojo y azul.

Rut asintió breve. Guiando a Mi-Ra hacia su auto, cada paso fue lento, inestable. La tierra húmeda hundía los zapatos de Mi-Ra como si intentara retenerla allí.

En el auto, Rut la estabilizó, ambas manos firmes en sus hombros. Abrió la puerta con cuidado y la ayudó a sentarse. Mi-Ra se movió como una marioneta tironeada por hilos, dejándose caer sin pronunciar palabra, el rostro pálido bajo el baile cambiante de las luces de la patrulla.

Rut cerró la puerta con suavidad, procurando no sobresaltarla. Luego se enderezó, tiró de su abrigo contra el frío y miró por encima del hombro.

Un par de faros encendidos brillaban a la distancia: el auto de Pablo, encendido, esperando para seguirlas a casa. El murmullo constante de su motor era un ancla silenciosa.

Exhaló, su aliento vaporoso fugándose al aire helado, y caminó hacia el asiento del conductor.

Rut sacó el auto del estacionamiento, las llantas triturando la grava húmeda. En el retrovisor, los faros de Pablo brillaban constantes, siguiéndolas como un guardián privado. A su lado, Mi-Ra recargó la frente contra la ventana, el vidrio frío empañándose con cada respiración. Ninguna habló.

El silencio era denso.

Rut sostuvo el volante con firmeza. Lanzaba miradas ocasionales a Mi-Ra—y a veces alcanzaba a ver una lágrima correr por su mejilla, delicada bajo el resplandor de los faros que pasaban. En ese silencio, Rut lo sintió: un cambio, tenue pero innegable. Mi-Ra estaba llorando por fin. No escondida en la oscuridad, no detrás de puertas cerradas, sino aquí. A su lado. Permitiendo que Rut cargara parte de ese peso.

Rut estiró la mano hacia el estéreo y giró la perilla. El clic resonó fuerte en el vacío entre ellas. Estática. Luego, música suave, una guitarra rasgando con calma, deslizándose en la quietud.

La Bamba.

El pecho de Rut se apretó. La canción de Juan. Siempre la ponía cuando el ambiente se volvía demasiado denso, como si la música pudiera suavizar las orillas duras, aliviar el peso. Por un momento, Rut imaginó a Juan ahí—sereno, paciente, ofreciendo consuelo sin decir una sola palabra.

La melodía la envolvió como una mano cálida en la espalda, empujándola hacia adelante. Le dio el valor que no sabía que estaba esperando. Sus dedos se tensaron en el volante, la garganta ardiéndole mientras forzaba las palabras a salir.

—¿Por qué no lo hiciste? —preguntó Rut.

—El coche... —la voz de Mi-Ra era tenue, como si probara los sonidos en el aire—. Se apagó. Solo.

Luego añadió, apenas más fuerte:

—Los vi —susurró, los ojos brillando—. A Juan y a Toño. Sobre el lago.

El aliento de Rut se cortó. Su expresión la traicionó.

—Tú también los viste, ¿verdad? —dijo Mi-Ra, más afirmación que pregunta.

—No —respondió Rut con rapidez. Pero la verdad la desgarró, negándose a quedarse enterrada—. Yo... yo escuché la voz de Juan.

La cabeza de Mi-Ra se alzó de golpe.

—¿Qué dijo?

Rut tragó, la garganta quemándole.

—Dijo: *"No te la llevas también."*

El silencio se espesó—afilado, cargado, vivo con el peso de lo que ninguna podía negar.

—Eso significa algo para ti, ¿verdad? —insistió Rut, la voz áspera.

Los ojos de Mi-Ra destellaron, y el dique detrás de ellos empezó a ceder.

—Sí —susurró—. Mis padres murieron cuando yo era joven. Mi hermana también...

Su mirada se deslizó hacia la línea oscura de los árboles que pasaban.

—El lago se los llevó.

Rut se quedó inmóvil. Giró la cabeza hacia ella, los ojos abriéndose de incredulidad.

—¿Tu hermana? Dijiste que estaban separadas...

—Era más fácil decir eso —respondió Mi-Ra. Sus palabras cayeron pesadas, como piedras.

Ya casi llegaban a casa. Cuando el vecindario emergió entre la neblina, Rut vio una silueta que le apretó el pecho. Una patrulla estacionada frente a la entrada de Mi-Ra, quieta como un centinela en la oscuridad.

El estómago de Rut cayó en picada, denso y cruel, como una roca hundiéndose en el agua profunda.

La patrulla estaba en silencio, sin torretas encendidas que suavizaran su presencia: no rojo, no azul. Nada. Solo la inevitabilidad de malas noticias estacionada en su banqueta.

Por un instante, Rut consideró pasar de largo. Fingir que no la había visto. Fingir que el mundo fuera de sus faros podía ignorarse por una noche.

Pero eso era miedo hablando.

Y Rut sabía una verdad simple: algunas cosas no piden permiso. Llegan cuando llegan—estés lista o no.

Giró el volante y entró al driveway.

El detective Gómez avanzó hacia la luz de sus faros, emergiendo de las sombras con paso silencioso. Su postura era firme, profesional; su rostro, una máscara neutra. Calmado. Medido. Levantó la mano en reconocimiento mientras Rut apagaba el motor.

El auto de Pablo se detuvo detrás del suyo, los faros derramándose sobre el césped mientras Rut bajaba del coche. Cerró la puerta y enderezó la espalda.

—¿Puedo ayudarlo, detective? —preguntó.

—Lamento venir tan tarde —respondió Gómez con suavidad, aunque su tono llevaba un peso que traicionaba la cortesía—. ¿Podría hablar con usted y con su suegra?

La mirada de Rut voló hacia su auto.

Mi-Ra seguía rígida en el asiento, las manos entrelazadas con tanta fuerza que los nudillos brillaban. Su rostro era una máscara de agotamiento y duelo... pero sus ojos decían otra cosa. Agudos. Atentos. Observando cada detalle sin parpadear.

—Ha sido una noche muy larga —dijo Rut con cautela—. ¿No puede esperar a la mañana?

Antes de que Gómez respondiera, Pablo apareció por el costado de la casa, el ceño fruncido.

—¿Todo bien?

—Necesito hablar con ellas a solas —repitió Gómez, firme. Su mirada no se movió—. Y no... no puede esperar.

42

El aire nocturno se aferraba húmedo y frío, filtrándose en la piel de Mi-Ra mientras permanecían en la entrada. La patrulla seguía encendida en la banqueta, su motor vibrando como una advertencia que se negaba a apagarse.

Ella cedió primero.

—Pase adentro —dijo, la voz baja, demasiado apresurada. Su mano rozó el marco de la puerta, como si el simple gesto pudiera arrastrarlo hasta el umbral—. Por favor... lo que necesite decir, puede decirlo adentro.

El detective Gómez negó con la cabeza. Su tono era tranquilo, pero el acero debajo se sentía como una línea tensa a punto de romper.

—No. Aquí está bien.

Su mirada se deslizó hacia Pablo. Una despedida silenciosa. Una orden disfrazada de gesto.

Rut lo entendió al instante. Presionó las llaves en la palma de Pablo con una urgencia muda.

—¿Por qué no esperas adentro?

Pablo levantó su propio juego de llaves, el metal atrapando un destello de la farola.

—Aún tengo el juego extra —dijo con una serenidad casi calculada, antes de pasar junto a ellos—. Yo mismo me abro.

El ceño de Mi-Ra se frunció. Lo siguió con la mirada, una punzada de desconfianza clavándose profundo.

¿Por qué sigue teniendo llaves de mi casa?

El portazo ahogado pareció absorber la pregunta.

Mi-Ra entrelazó las manos con fuerza para detener el temblor. Su voz salió tensa, casi quebrándose.

—¿Bueno? —lo apremió, inclinándose hacia Gómez, los ojos fijos en él—. ¿Qué es?

La pregunta llevaba más que curiosidad. Sonaba a súplica. A un ruego envuelto en cortesía. Había esperado demasiado tiempo.

Gómez no apresuró la respuesta. Sus palabras salieron calculadas, afiladas.

—Encontramos pelo de perro en el abrigo de nuestro sospechoso. Creemos que fue transferido durante un forcejeo... lo más probable es que de su esposo al agresor.

El ceño de Rut se frunció.

—¿Es de Gizmo?

Gómez asintió una sola vez, firme.

—Coincidencia directa en ADN. Los pelos estaban incrustados en el forro. No hay explicación inocente para eso... salvo que ocurriera durante la lucha.

La garganta de Mi-Ra se tensó.

—¿Está absolutamente seguro?

—Tan seguro como lo permite la ciencia —respondió él. Su tono era templado, pero la convicción ardía por debajo—. Las probabilidades de que dos perros no relacionados compartan un perfil genético completo son menores a una en varios millones. Estamos hablando de más del 99.99% de certeza.

Rut soltó un largo suspiro, los hombros aflojándose.

—Entonces ya está, ¿no? ¿Caso cerrado?

Gómez sostuvo su mirada.

—Técnicamente, es circunstancial. Pero con todo lo demás: los zapatos del sospechoso, las plataformas que coinciden con las pisadas en video y con la trayectoria de las lesiones, además de múltiples testimonios... —dejó que el silencio se llenara, denso, definitivo—. Yo diría que ya tenemos a nuestro hombre.

Mi-Ra tragó con fuerza. El alivio debería haber llegado, inundándola, reconstruyéndola donde la pena la había roto. Pero no. Solo sintió un escalofrío lento subiéndole por la columna. Prueba. Certeza. Cierre. Palabras sólidas en boca del detective, pero huecas en su interior.

Porque en el fondo sabía: atrapar al asesino de su hijo no significaba que la pesadilla había terminado...

No todavía.

La puerta se cerró detrás de ellas, aislando la noche y el murmullo vibrante de la patrulla que se alejaba. La luz del pórtico las partía en dos—rostros a medio iluminar, atrapados entre el shock, el alivio y el dolor. Las emociones las envolvían como un velo demasiado pesado.

Pablo se levantó de un salto del sillón.

—¿Todo bien? —la urgencia le desgarró la voz, demasiado rápida, demasiado afilada. Sus ojos iban de una a otra, devorando silencios, buscando respuestas que ninguna parecía lista para soltar.

—Todo bien —dijo Rut, cortante pero firme.

Se volvió hacia Mi-Ra.

—¿Te puedo traer algo?

Mi-Ra negó con la cabeza.

—No. Me voy a dormir.

Caminó por el pasillo, pero se detuvo a mitad de camino. Giró lentamente. Su mirada se clavó en Pablo como un alfiler.

—Gracias —dijo—. Por lo de hoy.

Pablo se quedó rígido, sorprendido. Por un momento solo pudo mirarla, las palabras atrapadas en el espacio entre ambos. Al final, solo inclinó la cabeza.

La siguió con la mirada hasta que la silueta frágil desapareció en las sombras del pasillo. Ella parecía algo que había sido quebrado por dentro—que seguía de pie únicamente porque nadie la había tocado lo suficiente como para que se desmoronara. La luz del pasillo estiró su sombra hasta borrarla por completo cuando la puerta se cerró.

Pablo volvió a sentarse. Los cojines exhalaron bajo su peso. De pronto, todo su cuerpo se sintió hecho de piedra—agotado, inmóvil, drenado.

Rut se sentó a su lado, dejando una distancia deliberada. Sus manos se anclaron en su regazo, los dedos inquietos, los ojos buscándolo.

—¿Qué pasó allá afuera? —preguntó en voz baja—. El carro de Mi-Ra deteniéndose antes del lago… ¿fue suerte? ¿O un milagro?

Pablo soltó una media sonrisa, tenue, sin alcanzar la mirada.

—Llámalo milagro moderno. Épico, si quieres.

Los ojos de Rut se estrecharon. Pieza por pieza, la verdad encajó.

—Fuiste tú, ¿verdad?

Él se movió, pero no intentó negarlo. Sus ojos se encontraron con los de ella, tranquilos, seguros.

—Perder a mi hermano fue lo más duro que he vivido. Si algo aprendí, es esto: no puedes confiar en que la gente estará bien por sí sola. Construyes la red más fuerte que puedas y rezas para que aguante.

—¿Pero cómo? —presionó Rut, la voz entre asombro y sospecha—. ¿Qué hiciste?

Pablo se encogió de hombros, discreto.

—Dijiste que no querías burocracia. Ni candados. No fue difícil añadir medidas extra. No necesité tecnología cuántica para eso.

Los ojos de Rut se tensaron más. El rompecabezas terminaba de cerrar.

—Integraste el GPS con el dispositivo de interbloqueo… ¿cierto? Programaste el encendido para apagarse si el carro se acercaba demasiado al agua.

—Más o menos —respondió Pablo, como si no acabara de admitir que había salvado una vida con un par de líneas de código y pura determinación.

El peso de lo que casi pasó—y de lo que no pasó—se estiró denso en la sala.

Rut exhaló despacio, sintiendo cómo se aflojaba la tensión en sus hombros. Una sonrisa ladeada apareció, cansada pero viva.

—La próxima vez, dale un poco más de margen. Mi corazón sigue tratando de alcanzarte.

43

El chirrido áspero de los frenos del camión de correo rasgó la quietud, un sonido punzante que hizo que Rut se estremeciera. Su cabeza giró hacia la ventana, el corazón acelerándose sin aviso.

Antes de darse cuenta, su cuerpo ya estaba en movimiento—los pies llevándola a la puerta principal, la mano cerrándose sobre la perilla. No pensó en un abrigo. No pensó en el frío del otro lado—ese tipo de frío de enero que Houston casi nunca admitía.

El aire húmedo y crudo la mordió al instante, delgado y punzante, con esa clase de helada que sorprende siempre, sin importar cuántos inviernos hayas vivido.

En la banqueta, abrió el buzón. Dentro—solo un paquete. Sus dedos temblaron al romper el sello, deslizando el sobre interior. El diploma que encontró pesaba más de lo que debería, cargado no de tinta sino de todo lo que significaba.

La ceremonia de graduación había continuado sin ella. Aun así podía imaginarla: un mar de togas negras, cámaras destellando, familias gritando de orgullo, brazos abiertos, flores en alto. Demasiado para enfrentar. Una herida abierta recordando el asiento vacío donde Juan debió estar.

Pero allí, de pie en el frío con el diploma entre las manos, sintió algo moverse bajo el dolor. Escurridizo, desconocido—orgullo, quizá. Frágil como el primer aliento al romper la superficie, pero lo bastante real para apretarle el pecho.

El diploma era monumental y a la vez insoportablemente simple—solo una hoja, sin pretensiones, poco más que palabras y sellos. Sin marco para dignificarlo, casi no había nada que ver. Un certificado, un trozo de papel intentando sostener la enormidad de lo que había perdido.

Sus ojos se detuvieron en las letras curvas de su nombre, tinta elegante sobre el pergamino. Se quedaron allí, en la última palabra—Roberts. El apellido que él le había dado, el que ella aún llevaba como una promesa. En papel parecía sencillo, común, pero para ella era denso de memoria, lleno de la nostalgia silenciosa de un amor que no desapareció con su ausencia.

Pensó en todas las veces que pudo abandonar, cada momento en que nadie la habría culpado por hacerlo. Pero no lo hizo. Y ahora el diploma era suyo. Ni la pena, ni la pérdida, ni ningún giro cruel del destino podía arrebatárselo. Aun así, lo sostuvo con cuidado, casi con reverencia, como si pudiera deshacerse si admitía cuánto significaba.

Su garganta se apretó. Las palabras brotaron bajas, ásperas, destinadas solo a él:

—*Lo logramos, Juan.*

Agradecimiento, no tristeza, endureció su voz. Una promesa cumplida. Un sueño alcanzado. No un lamento por lo perdido, sino una ofrenda—para él, para ellos, para todo lo que habían construido juntos.

Deslizó el diploma de vuelta en el sobre y soltó un largo suspiro. En ese aliento, permitió una idea peligrosa—que el dolor tal vez no siempre la consumiría así. Que un día, cuando la crudeza se suavizara, cuando el duelo dejara de vaciarla desde dentro, quizá lo sacaría otra vez. Quizá incluso lo colgaría. No como reliquia de pérdida, sino como prueba de resistencia. Como un testimonio silencioso de haber sobrevivido a un dolor que pudo romperla.

Y cuando ese día llegara, lo miraría no entre lágrimas, sino con la alegría serena de saber que Juan habría estado orgulloso. Orgulloso de ella. Orgulloso de ambos. Orgulloso de la vida que construyeron juntos—una vida amada profundamente, una vida vivida plenamente, aunque se hubiera truncado demasiado pronto.

La esperanza era tenue, una brasa titilante en la oscuridad. No lo suficiente para iluminar el camino. Pero sí para recordarle que debía seguir adelante. Que en algún lugar más allá de las sombras, la luz aún la esperaba.

44

Mi-Ra acomodó el mantel por tercera vez, luego ajustó los globos otra vez —cualquier cosa para apaciguar la corriente inquieta que chisporroteaba bajo su piel. Su teléfono vibró contra la mesa. Lo tomó al instante, el corazón dando un brinco.

Su pulso se disparó.

Acaban de entrar a la cochera.

—¡Ya llegó! —anunció Mi-Ra—. Prepárense todos.

El cuarto cambió de inmediato. Conversaciones cortadas a la mitad. Risas congeladas en labios. Un silencio cargado cayó sobre la sala, espeso, expectante, como si las paredes mismas contuvieran el aliento.

La puerta principal se abrió con un quejido.

Pablo entró primero, su mirada saltando de Mi-Ra hasta Rut.

—¡Sorpresa! —estalló el coro, súbito y agudo, rompiendo el silencio como vidrio hecho añicos.

Rut se quedó inmóvil, los ojos muy abiertos, el cuerpo atrapado entre el impulso de huir y el de quedarse. Su mirada recorrió el cuarto —rostros, decoraciones, la luz brincando sobre serpentinas. La incredulidad se suavizó en asombro.

—No sé qué decir —susurró al fin, la voz quebrándose bajo el peso del momento—. Gracias a todos.

Una ola de aplausos llenó el aire, primero dispersa, luego creciendo hasta ocupar cada rincón de la casa. Algunos silbidos sobresalieron, seguidos de carcajadas, la tensión disolviéndose por fin.

La música entró desde las bocinas—ligera, discreta, una melodía que se deslizaba bajo la piel y daba permiso a la alegría. Los niños corrieron entre la gente, sus risas mezclándose con las voces de los adultos, la casa ya no quieta sino viva, palpitante, respirando otra vez.

—¿De verdad te sorprendimos? —bromeó Mi-Ra, apareciendo a su lado con una sonrisa pícara, el tono justo para empujar a Rut más allá del nudo en la garganta.

Rut soltó una risa tenue, apoyándose contra la pared.

—Completamente. Juan habría amado esto. Gracias.

—Sí, lo habría amado —dijo Mi-Ra, su voz suavizándose—. Pero también habría dicho que esta celebración no es sobre él. Es sobre ti.

Rut la miró, un destello extraño en los ojos.

—En realidad... también tengo algo para ti.

Sacó de su bolso un sobre azul pálido. Se lo extendió a Mi-Ra, quien lo tomó con cautela.

A simple vista, parecía una tarjeta—ordinaria, inofensiva. Por un instante fugaz, Mi-Ra pensó que quizá era una tarjeta atrasada del Día de las Madres o por su cumpleaños. Pero las fechas no encajaban. Ninguna opción tenía sentido. Una sombra de confusión cruzó su rostro.

Le dio la vuelta al sobre lentamente, el ceño fruncido. Al frente, en la letra reconocible de Rut, había una sola palabra:

Halmeoni.

Las curvas de las letras eran cuidadosas, casi dulces, trazadas con intención. Con cariño. Los dedos de Mi-Ra vacilaron en la solapa. Su mirada subió, buscando una respuesta en Rut, pero el rostro de ella estaba sereno. Insondable. Esperando.

—Ábrelo —dijo Rut.

Mi-Ra deslizó un dedo bajo el sello y lo abrió, el pequeño desgarro del papel resonando fuerte en el silencio que se había tensado entre ambas. Sacó la tarjeta, los movimientos lentos, casi temerosos. Letras grandes y juguetonas adornaban la portada:

Feliz Día de la Abuela.

El brillo alegre de la tarjeta le resultó discordante en las manos—demasiado festivo para un corazón aún herido, demasiado tierno para no doler.

—No entiendo —murmuró—. ¿Es una broma?

—No es una broma —respondió Rut, negando con la cabeza.

Y entonces la vio. La caricatura del bebé en la portada, sonriendo desde su silla alta, cachetes redondos, la baba mezclada con manchas de comida en el babero. El resplandor en el rostro de Rut—suave, radiante, real. La comprensión le atravesó el pecho como una cuchilla.

—Rut... —su voz se quebró, el aire atrapándose en su pecho—. ¿Estás esperando un bebé?

La sonrisa de Rut se ensanchó, cálida, segura.

—Felicidades, Halmeoni.

La palabra cayó como un rayo de sol.

—¿Halmeoni? —repitió Mi-Ra, apenas un susurro, frágil como vidrio.

—Sí —respondió Rut, los ojos brillantes, una certeza amorosa cruzando el silencio.

La alegría explotó dentro de Mi-Ra, una mezcla de risas y lágrimas escapando al mismo tiempo.

—¿Tuyo y de Pablo? —preguntó entre sollozos.

Rut negó suavemente.

—Mío y de Juan. Tengo catorce semanas.

Las rodillas de Mi-Ra casi cedieron.

—¿Cómo? —susurró.

—Supongo que... un milagro moderno —dijo Rut con una risa suave, mirando de reojo a Pablo, que grababa el momento con su teléfono.

Mi-Ra la envolvió en un abrazo, apretándola fuerte.

—Espera, falta algo —dijo Rut.

Mi-Ra se separó, los ojos enormes.

—¡¿Qué más?!

—Es niño.

Las palabras estallaron como luz a través de una tormenta. Mi-Ra jadeó, la mano volando a su boca mientras el corazón le reventaba de emoción, tan lleno que parecía imposible contenerlo. Las lágrimas brotaron de inmediato, ardientes, nublándole la vista mientras el pecho le temblaba de tanta alegría.

—Y ya tengo el nombre —continuó Rut, la voz suave pero firme.

Mi-Ra se inclinó hacia adelante sin darse cuenta, el aliento atrapado en su garganta. El momento se estiró, delicado y frágil, cada latido una campanada.

Rut hizo una pequeña pausa. Intencional. Reverente.

—Bueno... —exigió Mi-Ra, la voz rasgándose—. ¡Dime! ¿Cuál es?

—Juan Jeong Roberts.

Por un instante, el tiempo se detuvo. El bullicio del festejo se disolvió por completo—las risas y el murmullo desaparecieron hasta dejar solo el mundo reducido a ellas dos. Rut y Mi-Ra, suspendidas en un punto donde el duelo y la esperanza se encontraron... no para pelear, sino para entrelazarse. Para coexistir.

Entonces las lágrimas brotaron calientes por las mejillas de Mi-Ra. Su mirada cayó sobre el vientre de Rut—redondeado, vivo, cargando la promesa de todo lo que creía perdido. La imagen la derrumbó, y por un latido permitió creer en los comienzos otra vez.

Se limpió las lágrimas, tratando de recomponerse. Una sonrisa torcida—mischievous, insolente, profundamente Mi-Ra—curvó su boca.

—Pensar —murmuró, la voz temblando entre risa y llanto—, que todo este tiempo pensé que solo estabas engordando.

Epílogo

Los ojos de Halmeoni siguieron a Rut mientras ella revoloteaba de un cuarto a otro como un gorrión inquieto. Cada movimiento llevaba ese temblor de urgencia—medio vestida, medio ordenando, perseguida por el susurro de la tela y el golpeteo rápido de sus pies descalzos. La muchacha nunca podía quedarse quieta, ni siquiera cuando el momento pedía calma.

Su mirada se deslizó hacia la pared, al diploma que brillaba dentro del marco que Halmeoni había escogido. Ella había insistido en que debía estar en la sala, donde ningún visitante pudiera pasar sin ver la prueba del triunfo ganado a pulso por Rut. Deber de madre era recordarle al mundo—y a la propia Rut—lo que había soportado para llegar a ese día.

—No te preocupes por recoger —dijo Halmeoni al fin, su voz pareja, su sonrisa serena. Quería cortar el torbellino, anclar a Rut antes de que se deshilara por completo.

Rut se detuvo en la entrada, los ojos brincando hacia el niño y luego hacia el pasillo, desgarrada entre la vanidad y la vigilancia.

—¿Segura que no te molesta que me vaya así? ¿Puedes manejar sin mí?

Halmeoni alzó a su nieto, acomodándolo contra su pecho como si su pequeño cuerpo siempre hubiera pertenecido ahí. Él chilló de alegría, los pies diminutos pateando suavemente contra ella, y el sonido la estabilizó.

—Crié a dos chamacos sin ningún aparato moderno —dijo—. Toño y yo estaremos bien.

—Estos aparatos son más para mí que para ti —murmuró Rut, ajustando los SmartSox del bebé.

Halmeoni notó el leve temblor en sus manos. Lo conocía bien; ella también había vivido con ese temblor, noches enteras hechas de amor feroz y un miedo igual de implacable. Ver a Rut ahora era como asomarse a un espejo fracturado: una madre joven peleando batallas que nadie más podía ver, su resolución temblando pero sin romperse.

El timbre sonó, cortando el momento en dos. Rut dio un pequeño brinco, la cabeza girando con un jadeo hacia la puerta.

—Ya llegó... —canturreó Halmeoni, alargando la palabra con picardía, aunque debajo de la sonrisa su curiosidad se afiló.

Rut corrió hacia la entrada, erguida como una recluta nerviosa esperando inspección.

—¿Cómo me veo? —preguntó, sin aire, alisándose el vestido una y otra vez.

Halmeoni la estudió despacio. Recordaba el torbellino en el que Rut había vivido alguna vez—baños robados, si acaso, y sacrificio cosido a cada hora de su día. Pero esta noche era distinta. El cabello caía en ondas cuidadas, el maquillaje era tenue pero luminoso, y un soplo de perfume floral flotaba entre ellas. Halmeoni dejó que el silencio se alargara un segundo más, luego lo rompió con una sonrisa.

—Preciosa.

La dureza habitual en sus críticas había desaparecido; en su lugar sólo quedaba calidez. Sus palabras llevaban una sinceridad que hizo que la sonrisa de Rut apareciera despacio, como si necesitara un segundo para creerla.

—Que te diviertas esta noche —dijo Halmeoni suavemente, meciendo a Toño contra su hombro.

—Gracias —susurró Rut. Se inclinó para besar la frente del bebé—. *Mommy loves you*, gordito —murmuró, la voz atrapándose un instante.

Respiró hondo, enderezándose antes de dirigirse a la puerta.

Gizmo la siguió de cerca, las uñas taconeando suavemente sobre el piso, un ritmo callado de lealtad. Rut dejó la mano sobre la perilla un momento, luego la giró.

Su cita estaba enmarcada en la entrada, los nervios dibujados en su postura pero suavizados por el esmero evidente. Su camisa estaba impecable, cada pliegue deliberado, los zapatos brillando bajo la luz del porche. En las manos tenía un ramo de rosas—demasiado vivas contra el blanco de su camisa, sostenidas como si fueran escudo y salvavidas a la vez.

—Te ves increíble —logró decir al fin, la voz baja pero sincera.

La sonrisa nerviosa de Rut se asentó, volviéndose algo más estable.

—Hola, Pablo —llamó Halmeoni desde la sala—. ¿Adaptándote al nuevo trabajo?

—Oh, sí —respondió él, asomándose un poco para verla—. Es agradable ya no ser el más inteligente del edificio.

—No sabría decirte —musitó Halmeoni, seria, aunque sus ojos brillaron con una sonrisa contenida.

Rut negó con la cabeza, sonriendo.

—Tienes que quererla así —dijo.

Pablo rió, luego se movió ligeramente, su voz suavizándose.

—Hay alguien que quiero que conozcan. —Hizo un gesto hacia el pasillo—. Mi hija.

Halmeoni se irguió, el aliento atrapándose en su pecho mientras daba un paso hacia la entrada.

Una niña pequeña apareció junto a Pablo, tan inesperada que por un instante pareció absorber todo el aire de la casa.

Su mirada subió hasta encontrarse con la de Halmeoni.

Una sonrisa tímida titubeó en su rostro—incierta, frágil y sin embargo esperanza pura, como si esperara permiso para existir en ese espacio.

A sus pies, Gizmo la rodeó con entusiasmo, la cola moviéndose con aceptación incondicional, como si ya hubiera decidido que pertenecía ahí.

—Mi amor —le dijo Pablo con suavidad—, no seas tímida. Preséntate.

La vocecita salió bajita pero firme.

—Mucho gusto —dijo—. Me llamo Delilah.

La mirada de Halmeoni se posó sobre la niña.

Llevaba un vestido amarillo como rayo de sol, salpicado de pequeñas flores blancas, la tela crujiente y recién planchada. Dos trenzas perfectas enmarcaban su cara, atadas con moños que parecían ceremoniales.

Por un momento, Halmeoni simplemente la observó —tan pequeña, tan cuidadosa, pero cargando una dignidad silenciosa que le apretó algo profundo por dentro.

—¿Tiene quien la cuide esta noche? —preguntó Halmeoni suavemente, su voz impregnada de la calidez instintiva de una mujer que había sido madre y abuela toda su vida—. Con gusto me quedo con ella.

Pablo carraspeó.

—Yo iba a dejarla con—

—Por favor, Daddy —rogó la niña, agachada mientras el perrito le lamía las manos y se acurrucaba entre sus dedos—. ¿Puedo quedarme?

Pablo miró a Rut.

—¿Crees que esté bien?

—Por supuesto —respondió Rut de inmediato, la voz firme—. Halmeoni es maravillosa con los niños.

Las palabras golpearon algo en el centro del pecho de Halmeoni, suavizando una fibra que no sabía que seguía tensa. Había oído de esta niña —la hija de Pablo. Una niña marcada por una pérdida temprana, con heridas invisibles pero resistencia cosida en el alma. Rut la había descrito como gentil, reservada, fuerte de maneras que aún no comprendía.

Ahora, viéndola ahí, con el vestido amarillo ondeando mientras abrazaba a Gizmo contra su pequeño pecho, Halmeoni entendió.

El tacto de la niña era cuidadoso pero seguro. Su risa, brillante pero no imprudente. Ella pertenecía a este espacio.

No como invitada. No como visitante. Como familia.

Porque esta casa, con todas sus sombras y cicatrices, se había convertido en refugio para quienes habían sido rotos... y recompuestos por el amor.

Agradecimientos

Quiero expresar mi más profundo agradecimiento a Steven y Jaime Garcia por la valentía de compartir sus experiencias de duelo y pérdida. Confiarme el honor de preservar la memoria de sus seres queridos a través de mi narrativa ha sido un privilegio profundamente humilde, uno que llevo conmigo con gran respeto. Y a los lectores que también me han confiado sus historias: gracias por su confianza y vulnerabilidad. Sus voces me recuerdan por qué las historias importan y por qué deben ser contadas.

Agradezco a mis colegas escritores y a mis primeros lectores por su honestidad, su ánimo y su disposición para acompañarme en estos capítulos en su forma más cruda. Sus observaciones me dieron valor en los momentos en que la duda pesaba más que las palabras mismas. A los narradores, maestros y líderes de fe que sembraron en mí estas leyendas y verdades, gracias por plantar las semillas que dieron vida a este libro.

A mi familia y amistades: su apoyo incondicional ha sido el cimiento bajo cada palabra que escribo. A mis hijos: gracias por enseñarme la resiliencia, la alegría y ese tipo de amor que siempre me devuelve a la esperanza y al propósito. Y a mi esposo: gracias por leer cada página, por retarme a ser mejor y por soportar mi resistencia cuando tus comentarios tocaban fibras sensibles. Siempre has sabido que tus palabras necesitan tiempo para asentarse, pero tu mirada está tejida en cada mejora que logré. Por tu paciencia, tu honestidad y, sobre todo, tu amor—te estoy eternamente agradecida.

Sigue leyendo

Un extracto de Líbranos: Historias Reales de Posesión, Opresión y Guerra Espiritual

Capítulo 1 — Los Jóvenes

Mi novela, Infestation, está inspirada en los relatos personales de los eventos que comenzaron poco después de que mis padres compraron una casa frente al cementerio más grande de San Antonio, Texas. Convirtieron aquella casa en un negocio familiar: una florería.

No pasó mucho tiempo antes de que la mujer que vivía en la casa justo detrás de la florería—también frente al cementerio—falleciera. Mis padres compraron esa propiedad también. Yo tendría unos siete u ocho años, y mi hermano mayor alrededor de doce. Estábamos encantados. Se acabaron las largas tardes atrapados en la florería después de la escuela, esperando a que llegara la hora de irnos a casa. Ahora, mi hermano y yo estábamos a solo un patio de distancia mientras mis padres terminaban de trabajar. Pero lo que ninguno de nosotros sabía era que esa casa traía algo más que conveniencia.

Traía algo invisible. No invitado.

Al principio, fue sutil. Una puerta azotándose cuando no había viento. Luces parpadeando sin razón. Susurros que surgían de habitaciones vacías como aliento sobre un vidrio frío. Luego vinieron los avistamientos. Las sombras. La pesadumbre. Y la lenta, punzante certeza de que aquello que estaba en nuestro hogar no tenía intención de irse. Viví más en esa casa de lo que muchas películas de terror podrían capturar. No había sustos preparados—solo ese tipo de terror que se queda, no invitado, en los rincones de la memoria.

Aunque cada una de las novelas exploradas en este libro está inspirada en hechos reales, solo Infestation lleva el peso de estar basada en sucesos verdaderos. Por esa razón, la primera parte de este libro se apoya fuertemente en extractos de *Infestation*, entrelazando ficción con testimonio para mostrar no solo lo que imaginamos, sino lo que soportamos.

Lo que sigue es una escena de *Infestation*—un recuento ficcionalizado arraigado en uno de mis primeros recuerdos. En el libro, le di un nombre a mi yo más joven: Emma. A través de sus ojos, traté de procesar lo que había presenciado pero nunca comprendí del todo. Aunque los detalles se doblan hacia la ficción, la columna vertebral de esta historia—el miedo, el momento, la certeza—es real.

Un extracto de Infestation

UN GRITO ESCALOFRIANTE RASGÓ la casa, congelando a David en su lugar. Se quedó sin aliento, el corazón se le detuvo un instante.

—¡Emma! —el terror en su grito lo impulsó hacia adelante, la adrenalina recorriéndole las venas. Corrió a toda prisa hacia la sala. Candy, su hermana menor, lo seguía de cerca.

—Emmy, ¿qué pasa? ¿Por qué gritaste? —preguntó David, sujetándole los hombros con suavidad.

Los ojos de Emma estaban desorbitados, su cuerpo rígido, como si una fuerza invisible la hubiera paralizado.

—Emmy, ¿qué pasa? —repitió, la voz temblándole de preocupación.

Ninguna respuesta.

David se arrodilló para encontrarse con su mirada.

—Emmy, ¿qué pasó? —insistió.

Aún nada.

La empujó suavemente con el hombro, la urgencia colándose en su voz.

—Respóndeme, Emmy. ¿Viste algo? ¿Dentro de la casa?

Ella asintió despacio, con los ojos vacíos fijos en la pared desnuda frente a ella.

Él siguió su mirada, pero no había nada ahí.

—¿Qué viste? —preguntó, apenas en un susurro.

Ella guardó silencio, el pequeño cuerpo temblando.

Él tomó sus manos frías entre las suyas, agitándolas con suavidad.

—¿Emmy? ¿Qué... fue... lo... que... viste?

Finalmente, habló.

—Era... era un hombre —susurró, la voz hueca, como si estuviera en trance—. Sus labios estaban cosidos.

El corazón de David se desplomó, el miedo arañándole el pecho. Rápidamente escaneó la habitación y luego giró hacia la puerta principal, asegurándose de que siguiera bien cerrada con llave. Lo estaba. Pero la posibilidad de que alguien —o algo— siguiera dentro de la casa le recorrió la espalda como hielo. Apagó la televisión, tensando el oído para captar cualquier sonido de movimiento.

La vieja casa crujía y gemía, los suaves susurros del pasado parecían filtrarse por las paredes.

¿Siempre hacía esos ruidos la casa?, se preguntó, mientras la angustia le apretaba más fuerte. No hay tiempo para preguntas, pensó, cargando a Emma en brazos. El diminuto corazón de la niña latía contra su pecho como un tambor.

—Ven, Candy —murmuró, extendiéndole la mano—. Rápido.

—Pero... ¡mi soda! —protestó Candy, la voz temblorosa.

—¡Shh! —siseó David—. No hay soda para ti.

Se apresuró a la puerta, las tablas del suelo gimiendo bajo su peso. Sus dedos temblaban mientras forcejeaba con las cerraduras, una por una —primera, segunda, tercera— hasta que la puerta se abrió de golpe.

—¿Y Blue? —susurró Emma, con un hilo de miedo en la voz.

—¡Vamos, Blue, apúrate! —llamó en voz baja.

Las orejas del chihuahua se alzaron al oír su nombre y, en un instante, Blue saltó del sillón y corrió hasta los pies de David.

Afuera, los ojos de David recorrieron el vecindario desconocido, buscando un refugio seguro. Su mirada se posó en la casa más cercana y, con pasos largos y decididos, se encaminó hacia allá.

***

EL CORAZÓN DE JOSEPHINE SE LE FUE AL SUELO cuando vio las luces rojas y azules parpadeando de una patrulla estacionada en su entrada. El pánico le apretó el pecho como un torno, cerrándose más con cada respiración mientras mil escenarios terribles corrían por su mente.

—Ay, Dios mío —murmuró Josephine, la voz temblorosa de miedo.

La desesperación impulsó cada uno de sus movimientos mientras estacionaba su carro de manera brusca en la calle. Abrió la puerta de golpe y salió sin siquiera cerrarla.

—¡Tía Josie, estamos acá! —la voz de David la llamó desde el patio del vecino, atravesando la neblina de terror que nublaba la mente de Josephine.

Sus ojos se dirigieron al porche de la casa contigua, donde vio a los tres niños acurrucados junto a la mujer que vivía ahí. El alivio y el terror chocaron en su pecho, creando un torbellino de emociones que la hizo correr hacia ellos. Su corazón latía desbocado mientras se acercaba, la respiración entrecortada.

—¿Qué pasó? ¿Todos están bien? —preguntó, la voz temblando mientras tocaba a cada niño, necesitando sentir su calor, asegurarse de que estaban a salvo—. ¿Alguien está herido?

Los niños la miraron con ojos muy abiertos y rostros pálidos, pero aparentemente ilesos por lo que fuera que había llevado a la policía a su casa. Las manos de Josephine temblaban mientras buscaba en sus caritas alguna señal de angustia. El miedo seguía royéndola por dentro, negándose a soltarla.

—Estamos bien —le aseguró David, su voz sorprendentemente calmada pese a la tensión en el aire.

Josephine dejó escapar un respiro tembloroso, pero su mente seguía corriendo, intentando comprender qué había ocurrido. Los miró de nuevo, buscando respuestas.

La mujer a su lado extendió la mano.

—Hola, me llamo Jillian Russo.

—Josephine Perales —respondió ella, estrechando su mano. Sus ojos se desviaron hacia su casa, el ceño fruncido de confusión. Estuve fuera menos de veinte minutos.

—¿Qué diablos pasó? —preguntó, la voz cargada de temor.

—Su niña vio a un hombre, un desconocido, dentro de la casa —dijo Jillian.

—¿¡QUÉ!? —El grito de Josephine fue agudo, los ojos muy abiertos.

—Los niños corrieron para acá, y yo llamé al 911. Los policías están dentro, buscándolo.

—OK. Gracias por su ayuda —logró decir Josephine, aunque sus pensamientos eran un caos. Revisé la puerta de atrás antes de irme. Estaba cerrada. Y escuché a David cerrar la puerta de enfrente... tres clics, recordó, su mente desesperada por respuestas.

Se volvió hacia David, urgente:

—¿Cuándo pasó esto? O sea... ¿exactamente cuándo?

—Pocos minutos después de que te fuiste —respondió él—. Emma dijo que vio a un hombre en la sala. Dijo que tenía los labios cocidos.

—¿Los labios cocidos? —repitió Josephine, la confusión hundiéndose más hondo—. ¿Alguien más lo vio?

—No, señora.

Debe ser su imaginación, pensó Josephine, intentando darle sentido a lo absurdo.

—¿Y tú dónde estabas? Se supone que la estabas cuidando —preguntó, con un filo de acusación que lamentó de inmediato.

—Y-yo estaba en la cocina con Candy... limpiando un derrame —respondió David, pequeño, culpable—. La escuché gritar y corrí en cuanto pude.

Josephine respiró hondo, intentando calmarse.

—Perdón por mi tono, David. Hiciste lo correcto. Gracias.

—Disculpe, señora —interrumpió una voz grave y áspera.

Sobresaltada, Josephine se giró y vio a un oficial de policía a unos pasos.

—¿Lo encontraron? —preguntó, el miedo volviendo a elevarse.

—¿Es su casa? —preguntó él.

—Sí —respondió rápido—. ¿Lo encontraron? ¿Al hombre que mi hija dijo ver?

—No hay nadie dentro, señora. No hay señales de allanamiento. Revisamos cada ventana: todas están aseguradas por dentro.

—Y por fuera también —añadió con una mirada a la casa—. Esas rejas podrían ser un problema si hubiera un incendio.

Josephine asintió distraída, la mente girando sin control.

—Entiendo.

—Su hija... es pequeña. Su hijo dijo—

—Mi sobrino —corrigió.

—Su sobrino nos dijo que su hija dijo que el hombre tenía los labios cocidos. Suena a que lo imaginó.

—Mami, yo no lo imaginé —dijo Emma, tirando de su blusa—. Yo lo vi. Me dio miedo.

—Está bien, mi amor. Hablaremos luego —dijo Josephine, antes de volverse al oficial—. ¿Está seguro? —preguntó, la desesperación filtrándose en su voz.

Él asintió.

—Es una casa pequeña. Revisamos cada centímetro.

—OK —respondió ella, la mirada perdida en su hogar, como si de repente fuera un desconocido.

—Nos retiramos —dijo el oficial, volviéndose hacia David—. Hiciste lo correcto viniendo a la casa de tu vecina y pidiéndole que llamara. Si vuelve a pasar, haz lo mismo.

Los vieron alejarse en silencio, subir a sus patrullas y partir.

—¿Quieres pasar un momento? —preguntó Jillian con suavidad—. ¿Hasta que llegue tu esposo?

Josephine se llevó una mano temblorosa a la boca y asintió.

—Gracias. Solo unos minutos... para aclarar mi mente. No quiero estorbar.

—Claro que no. Vamos.

—Vengan, niños —dijo Josephine, siguiendo a Jillian hacia el interior.

Al entrar, Blue corrió entre sus piernas, rozándole los tobillos. Josephine dio un pequeño grito.

—Perdón —balbuceó—. Normalmente no estoy tan...

—¿Nerviosa? —terminó Jillian con una sonrisa comprensiva.

Josephine asintió.

—No te culpo. Yo me sentiría igual si llegara a mi casa y encontrara a mi hijo con un desconocido y a la policía afuera —dijo Jillian—. Siéntate donde gustes.

—Gracias —dijo Josephine, acomodándose en el sillón mientras los niños corrían hacia el cuarto del hijo de Jillian.

El sonido de risas infantiles llenó el aire, pero Josephine estaba atrapada en sus pensamientos.

No estuve fuera tanto tiempo. ¿Cómo pudo entrar alguien? ¿Y por qué solo Emma lo vio? Debe haberlo imaginado. Es la única explicación.

—¿Quieres café? —preguntó Jillian, sacándola de sus pensamientos.

—¿Qué? —parpadeó Josephine, desorientada.

—Café. ¿Quieres?

—No, gracias.

—Si no es indiscreción... ¿qué te preocupa?

Josephine dudó. No estaba segura de desahogarse con una mujer que apenas conocía. Pero la necesidad de expresar su miedo superó sus reservas.

La miró, buscando comprensión.

—Es que Emma... no es como otros niños. Es honesta e inteligente —muy inteligente. Sé que cada mamá dice eso, así que tendrás que creerme. Y nunca ha tenido una imaginación desbordada... al menos, no antes.

Se detuvo, enredada en sus pensamientos.

—Perdón, no debería estar hablándote tanto. Mi esposo llega en cualquier momento —dijo, poniéndose de pie—. Gracias otra vez por tu ayuda.

—¿Josephine? Antes de que te vayas...

—¿Sí?

—Sé que no es asunto mío, así que lo que voy a decir puede entrarte por un oído y salir por el otro.

—Adelante —respondió Josephine, enfocándose en ella—. Te escucho.

Jillian respiró hondo.

—Es solo que, en mi experiencia, los niños —especialmente los honestos e inteligentes, como tu pequeña— no suelen tener antecedentes de imaginar cosas. No se vuelven mentirosos de la noche a la mañana.

Reflexión

En el extracto que acabas de leer, la pequeña Emma percibió lo que la mayoría de los adultos habría ignorado. Su reacción no nació de la debilidad, sino de la sensibilidad. Una conciencia espiritual que aún no había sido apagada por la duda o la lógica. Los niños como Emma no se dejan engañar con facilidad. Ven lo que es real, incluso cuando el resto de nosotros estamos demasiado ocupados, demasiado escépticos o demasiado distraídos para notarlo.

Y el enemigo lo sabe. No espera a que crezcan. Los ataca temprano. Busca silenciar a los sensibles. Sembrar confusión antes de que el discernimiento pueda echar raíces. Hacer que duden de lo que saben—profunda, intuitiva, y puramente—antes de que aprendan a confiar en su propio espíritu.

Lo sé porque yo lo viví.

Tenía cuatro años cuando le pidieron a mi padre que oficiara el funeral de un hombre cuya muerte estaba envuelta en susurros y horror. Yo no lo sabía entonces, pero su cuerpo había sido utilizado como parte de un ritual satánico—brutal, ritualista y de una oscuridad indescriptible. Los detalles eran tan perturbadores que el ataúd permaneció cerrado. Nadie podía ver el cuerpo. Nadie quería verlo.

Al día siguiente, mis padres salieron rápido a la tienda, dejándome sola con mi hermana de quince años. No era nada fuera de lo común. Nunca se iban por mucho tiempo, y nunca había habido problemas antes. Era una tarde tranquila—solo nosotras dos en la casa. Yo jugaba sola en el cuarto que compartíamos mientras ella veía televisión en la sala, cuando algo cambió.

Incluso ahora es difícil describirlo.

El aire pareció espesarse. Todo se volvió más silencioso, más lento. Giré hacia la puerta. Y me quedé inmóvil. Había algo ahí. Un extraño. Quieto. Demasiado quieto. Mirándome.

Pero no era solo su apariencia. Era su presencia. La oscuridad que se apretaba contra las paredes, que se filtraba por el piso, que hizo que mi alma entera retrocediera. Lo que me miraba no era de este mundo. Y de alguna manera—por pequeña que era—lo supe.

Al principio, no pude gritar. El miedo era demasiado agudo, demasiado súbito—atorado en mi garganta como alambre de púas. Mis pulmones simplemente no respondían. Cuando por fin salió mi voz, no fue un grito normal. Fue algo crudo, primitivo—arrancado de un lugar más profundo que el miedo mismo. Más tarde, mi hermana diría que ni siquiera sonaba como yo.

Porque yo no le estaba gritando a un hombre. Le estaba gritando a algo que no debía estar ahí. Lo que fuese que estaba en ese marco de la puerta no estaba invitado. Ni siquiera estaba vivo. Y yo lo sabía.

Cuando se lo dije a mi hermana, no me cuestionó. No lo descartó como imaginación o como una pesadilla. Vio mi rostro, escuchó mi grito, y sin dudarlo me tomó de la mano. Corrimos—descalzas, sin aliento—fuera de la casa y hacia el patio.

Estábamos en el césped, con el corazón latiendo frenéticamente, cuando mis padres llegaron a la entrada. Mi hermana corrió hacia ellos, jadeando mientras contaba lo que yo había visto.

Sin decir palabra, mi padre se lanzó dentro de la casa. Cada puerta. Cada ventana. Cada clóset. Lo revisó todo. Al no encontrar a nadie, comenzó a preguntar: ¿Cómo era el extraño? ¿Cómo iba vestido? ¿Era bajo o alto? ¿Delgado o corpulento? ¿El cabello corto o largo?

Aún recuerdo lo que le dije: Iba de negro. Era alto y flaco. Y su cabello... no era ni corto ni largo. Era calvo.

Mis respuestas dejaron a mi padre atónito—pero no del todo sorprendido. Sin decir nada, buscó la sección de obituarios del periódico local y me la mostró. Ahí, mirándome en blanco y negro, estaba el hombre que había descrito. El mismo hombre que yo había visto. El mismo cuyo funeral acabábamos de atender.

Mi padre no me interrogó más. No cuestionó lo que dije ni intentó explicarlo. Y eso significó algo—porque con los años, para bien o para mal, llegaría a dudar de mí muchas veces. Llegué a reconocer la mirada en sus ojos cuando la duda se sembraba, tan claramente como conocía las líneas de mi propia mano.

Pero no ese día. No entonces. En ese momento, me creyó—por completo, sin vacilar. Y de alguna manera, eso fue tanto un consuelo... como una confirmación de lo que yo deseaba que no fuera verdad.

Ese momento de la infancia—cuando el miedo me oprimió tanto que por un instante no pude gritar—fue también el momento en que comencé a entender que la guerra espiritual no es solo un concepto bíblico.

Es una realidad diaria. Y nos guste o no, nuestros hijos suelen estar en la primera línea.

Por eso no podemos descartar sus visiones, sus sueños, sus corazonadas. No debemos enseñarles a ignorar lo que ven, sino equiparlos para enfrentarlo. Para hablar el nombre de Jesús. Para entender la autoridad que portan incluso en su pequeñez.

Porque el mal no espera a que crezcan para interesarse en ellos. Pero tampoco Dios.

Sobre la autora

Mary Romasanta es una autora, tecnóloga y madre de tres niños pequeños que transformó una carrera corporativa de 20 años en una floreciente pasión por la escritura. Con un talento para entrelazar thrillers psicológicos, ciencia ficción y elementos sobrenaturales, desafía los límites del género para crear historias que permanecen en la mente mucho después de la última página.

Nacida y criada en San Antonio, Texas, a solo unos pasos del cementerio más grande de la ciudad, Romasanta creció inmersa en la mística de lo sobrenatural. Como hija de un pastor y una florista, encontró inspiración tanto en lo etéreo como en lo cotidiano, alimentando su fascinación por lo desconocido. Estas primeras influencias se reflejan en los escenarios vívidos y las atmósferas inquietantes de su novela debut, Avīci Sagga, y de sus obras posteriores, The Eternal Secret e Infestation.

Con una mezcla única de géneros y una dedicación inquebrantable a explorar las dimensiones culturales y espirituales, Romasanta invita a los lectores a confrontar el delgado velo entre la realidad y lo sobrenatural. Sus historias desafían percepciones, provocan reflexión y guían al lector hacia las profundidades tanto del terror como de la transformación.

www.ingramcontent.com/pod-product-compliance
Lightning Source LLC
LaVergne TN
LVHW032008070526
838202LV00059B/6347